L'héritier de Luca Cavallari

ANGELA BISSELL

L'héritier de Luca Cavallari

Azur

HARLEQUIN

Collection : Azur

Titre original :
THE SICILIAN'S SECRET SON

HARPERCOLLINS FRANCE
83-85, boulevard Vincent-Auriol, 75646 PARIS CEDEX 13
Service Lectrices — Tél. : 01 45 82 47 47

www.harlequin.fr

ISBN 978-2-2804-3322-8 — ISSN 0993-4448

1.

Dino Rossini, un sourire mauvais aux lèvres, se pencha vers Luca Cavallari.

— Vous faites une grave erreur, Cavallari. Vous croyez vraiment que c'est ce que votre père aurait voulu ?

Assis derrière le bureau qui avait été celui de son père, Luca fixait Rossini d'un regard serein. Ciller ou détourner la tête aurait été une marque de faiblesse, et Dino, en pauvre type qu'il était, considérait les êtres plus faibles que lui comme des proies. C'était d'ailleurs pour cette raison que Luca venait de le renvoyer.

— Ce qu'aurait voulu mon père a cessé de compter le jour de sa mort. Désormais, c'est moi qui commande.

Le visage de Rossini s'assombrit.

— Autrefois…

— Ce qui se passait autrefois n'a plus cours aujourd'hui, je vous l'ai dit il y a plusieurs mois déjà.

Un avertissement que le responsable de sécurité de son père avait ouvertement ignoré.

— L'acte que vous avez commis hier est injustifiable.

— Mais il vous avait volé, protesta Rossini, comme si cela expliquait sa brutalité.

— Vous n'aviez qu'à appeler la police.

Rossini éclata d'un rire méprisant.

— On n'est pas à New York. Vous croyez peut-être qu'un joli costume et une belle coupe de cheveux suffiront à vous faire respecter ? L'Amérique vous a ramolli, Cavallari. Ici, quand quelqu'un vous vole ou vous manque de respect, il ne faut pas appeler la police, mais lui donner une bonne leçon.

La colère fit bondir Luca.

— Une leçon ? Vous avez lancé vos sbires sur un gamin de seize ans. Ils lui ont brisé une jambe, fracturé des côtes et disloqué l'épaule, sans parler de sa commotion cérébrale !

Luca sentit la bile remonter dans sa gorge. Maîtrisant sa colère, il se rassit et dit froidement :

— Sortez.

— Et mes hommes ?

— Ils ne travaillent plus pour moi, eux non plus.

Rossini le fixa de son sourire mauvais.

— Vous aurez du mal à les remplacer.

— C'est déjà fait, déclara Luca sans cacher sa satisfaction. Deux hommes attendent à la porte pour vous raccompagner hors de la propriété.

Le visage de Rossini prit un ton terreux. Il se leva et sortit après un dernier regard belliqueux. Luca se dirigea vers la fenêtre. Dehors, sous le soleil resplendissant de Sicile, deux hommes musclés raccompagnaient Rossini vers sa berline noire. Il démarra en trombe dans un nuage de poussière, envoyant des graviers voler partout. Luca suivit le véhicule du regard jusqu'à ce qu'il ait disparu. Bon débarras.

Il aurait dû virer Rossini deux mois plus tôt, sans égard pour ses vingt ans au service de la famille. D'ailleurs peut-être cet homme avait-il raison, d'une certaine manière. Luca ne s'estimait pas tendre, loin de là, mais les années d'exil qu'il s'était imposées en Amérique ne l'avaient guère préparé au travail herculéen qui l'attendait sur place.

— Monsieur Cavallari ?

Victor, le vieux maître d'hôtel qui régissait l'équipe des employés de maison, se tenait sur le seuil. Luca se rassit derrière le bureau d'où Franco Cavallari avait régi d'une main de fer à la fois son empire et sa famille.

— Que se passe-t-il, Victor ? demanda Luca en contemplant la pile interminable de dossiers à traiter.

— Je voudrais vous montrer quelque chose, répondit le maître d'hôtel avec un empressement inhabituel.

Luca releva la tête.

Victor avait beau, comme toujours, arborer un gilet rayé et une coiffure impeccables, des gouttes de transpiration brillaient sur son front. De la main gauche, il serrait une grande enveloppe contre sa poitrine.

Luca se carra dans son siège. Tiens, tiens. Un souci affectait l'inébranlable Victor.

— Je vous en prie, asseyez-vous.

— Merci, *signor,* dit-il en tirant de sa poche poitrine un mouchoir blanc avec lequel il s'épongea le front.

Luca tendit la main d'un geste impatient. Victor hésita, ouvrit la bouche, la referma, et posa l'enveloppe sur le bureau. Luca en tira quelques photos couleur de format A4. Sur la première, une jeune femme se tenait debout sur une pelouse, sans doute dans un jardin public. Il y avait d'autres gens, mais elle était visiblement le sujet de la photo. Le temps était ensoleillé, elle portait un short, un T-shirt sans manches et un chapeau de paille qui laissait son visage dans l'ombre.

— Pas mal, dit Luca en contemplant d'un œil appréciateur son corps aux courbes sensuelles et ses longues jambes minces.

— L'autre photo, dit Victor. Regardez-les… L'enfant…

Luca écarta la première photo pour examiner la suivante : un jeune garçon jouait à l'extérieur. Trois ou quatre ans, des cheveux noirs ébouriffés, des yeux bruns bordés de longs cils, un teint mat que rosissait l'exercice.

Luca sentit tout son corps frémir. Ce gamin, c'était lui. Sauf que c'était impossible, un tampon sur la photo indiquait qu'elle avait été prise dix mois plus tôt.

Mais alors…

Il regarda Victor qui s'essuyait vigoureusement le front.

— D'où est-ce que ça sort ?

— De l'appartement de votre père, à Rome. J'ai fait empaqueter ses affaires personnelles pour les transporter ici, comme la Signora Cavallari me l'avait demandé. C'est elle qui m'a dit de regarder ce qu'il y avait dans les boîtes.

— Elle a vu ces photos.

— Non, répondit Victor sur un ton offusqué. J'ai préféré vous les apporter à vous.

Bon. Luca n'était pas très proche de sa mère, mais il ne tenait pas à l'humilier. D'ailleurs, peut-être Eva Cavallari savait-elle que son mari avait une maîtresse – mais un enfant illégitime ? Un demi-frère de Luca et de son cadet, Enzo ?

Il grinça des dents. Un nouveau problème venait s'ajouter à celui du blanchiment d'argent et autres activités illégales exercées par son père. Un jour, cet enfant pourrait légitimement réclamer une part de l'héritage.

Luca feuilleta les autres photos et en aperçut une sur laquelle la femme ne portait pas de chapeau. Il l'examina plus attentivement. Une jolie blonde. Évidemment. Franco Cavallari avait toujours eu bon goût, il fallait le reconnaître. Des yeux bleus magnifiques, des traits parfaits, une peau sans défaut…

Luca fronça les sourcils. Il connaissait cette femme.

Non. Il chassa cette idée folle, saugrenue. De jolies blondes aux yeux bleus, le monde en était plein. Pourquoi, après tant d'années, revenir sur cette vieille histoire ?

Pourtant… Il observa les pommettes élégamment dessinées et la bouche pulpeuse. La photo avait été prise à un moment où elle ne souriait pas, mais il connaissait le sourire de cette femme, et il lui faisait battre le cœur. Il savait exactement comment ses lèvres s'ouvraient sur ses dents parfaites, mettant ses incroyables pommettes en valeur. Ses yeux bleus étincelaient comme un rayon de soleil sur l'eau, et quand elle riait…

Il déglutit, la gorge soudain sèche.

Son rire était le plus doux, le plus cristallin qu'il ait jamais entendu. Il ferma les yeux et se souvint de cette nuit froide de février, à Londres. Il regagnait son hôtel, perdu dans de sombres pensées, lorsqu'il avait percuté quelqu'un qui avait vacillé avant de s'écraser avec un petit cri sur un tas de neige sale.

La femme qu'il venait de bousculer par mégarde aurait dû se mettre en colère, lui reprocher de ne pas regarder où il allait. Mais elle avait ôté son capuchon, révélant une chevelure d'un blond doré, un regard bleu perçant, et elle s'était mise à rire. Lui était resté quelques secondes abasourdi avant de se pencher pour l'aider à se relever et lui présenter ses excuses. Puis il l'avait entraînée vers le bar de son hôtel de luxe, où il lui avait commandé un énorme chocolat chaud.

La rencontre aurait dû s'arrêter là. Mais la beauté naturelle de cette femme, son sourire rayonnant et son rire communicatif… Tout en elle l'avait attiré. Il n'avait pu résister à l'envie de la toucher, de la serrer contre lui, de se perdre dans sa douceur – de faire comme si, une nuit durant, le monde n'était pas si atroce.

Le souffle court, il feuilleta les photos à la recherche d'un indice susceptible d'expliquer comment cette femme avec qui il avait passé une nuit inoubliable cinq ans plus tôt était devenue la maîtresse de son père. Et la mère du fils illégitime de Franco. Une bouffée de haine le submergea. Le seul moment pur qu'il ait vécu, il fallait encore que son père le salisse.

Il rouvrit l'enveloppe d'où s'échappa une feuille de papier pliée en deux. La photocopie d'un acte de naissance établi au nom d'Ethan Sinclair, sans doute l'enfant figurant sur les photos. Le nom de sa mère y figurait aussi : Annah Sinclair.

À cet instant il crut entendre sa voix, tendre et mélodieuse : « Annah avec un h à la fin », avait-elle dit en lui souriant au-dessus de la mousse de son chocolat.

Il avait mal entendu : « Hannah ? »

Elle avait ri en faisant non de la tête avant d'épeler.

Il chassa ce souvenir pour se concentrer sur le certificat. Père inconnu. L'enfant était né le 31 octobre de l'année… Un frisson le parcourut.

— Signor Cavallari ?

Il fixa Victor sans le voir, calculant dans sa tête le nombre de mois qui séparaient le 17 février du 31 octobre. Le sang qui battait dans ses oreilles et le son rauque de sa propre respiration masquèrent la voix du vieux maître d'hôtel.

Il avait faux. Complètement faux : cet enfant n'était pas son demi-frère ; c'était son fils.

— Encore ! dit Annah en posant ses ciseaux pour rattraper le rouleau de ruban argenté qui filait sur son établi.

Elle avait été rapide, mais le ruban récalcitrant l'était davantage encore. Il lui échappa et roula sur le sol. En l'entendant tomber, elle gémit et imagina la bande d'organza hors de prix en train de se dérouler par terre. *Bravo !*

Elle fit la grimace à la brassée de tulipes qu'elle tenait à la main.

— Désolée, mes chéries, il va falloir vous tenir à carreau, dit-elle en posant délicatement les fleurs sur son établi avant de se pencher à la recherche du ruban.

Pas trace d'organza. Ni de rouleau.

Elle écarta la mèche qui lui tombait sur les yeux et s'agenouilla. Pourvu qu'aucun client ne surgisse. Elle adorait ses clients, mais Chloe – son amie, associée et copropriétaire de la boutique – était allée rendre visite à un parent malade à Londres. Annah était donc seule à la boutique, et très occupée.

Elle passa la main entre des boîtes de fil de fer de couleur stockées contre le mur.

— Ah ! Te voilà donc, fit-elle en refermant les doigts sur la bobine – juste au moment où retentissait le carillon de la porte.

— Et zut !

Espérant reconnaître les jambes nues maigrichonnes de son livreur, elle regarda sous le comptoir. Non, ce n'était pas Brian, qu'elle n'avait jamais vu en pantalon si bien coupé, ni avec d'aussi élégantes chaussures de cuir. Cousues main, à première vue.

L'intrus n'était pas un villageois du coin. Les hommes de Hollyfield, dans le sud du Devon, étaient soit en bottes de caoutchouc soit en chaussures de travail capables de résister à la boue ou à une bonne chute de neige.

— Je suis à vous tout de suite, lança-t-elle en rampant derrière le comptoir.

— Je vous en prie, je ne suis pas pressé, répondit une voix masculine profonde et chaude.

Une voix teintée d'un léger accent.

Elle se redressa et, dans sa hâte, évalua mal la hauteur du comptoir, qu'elle heurta de la tête avec un craquement sourd. Une douleur fulgurante lui irradia le crâne. Assommée, elle se laissa glisser sur les genoux.

L'homme se précipita vers elle.

— Ça va ?

Sa voix grave résonna dans l'air parfumé de la boutique.

— Bien, répondit-elle, immobile, le cœur battant. Je vais bien.

Non, tu ne vas pas bien du tout, tu es de nouveau en plein délire, après tant d'années.

Elle appuya les mains au sol pour reprendre son souffle et se calmer. Sa réaction était stupide. Qu'un homme à l'accent italien entre dans la boutique ne voulait pas dire que… À moins que… *Non !*

Balayant cette pensée, elle serra les dents pour lutter contre la panique. Elle n'allait pas recommencer. Passer son temps à regarder par-dessus son épaule et tressaillir à la première ombre venue, imaginant une menace là où il n'y en avait pas. Ce n'était pas bon pour Ethan. Son fils, petit garçon plein d'intuition et très éveillé, méritait mieux qu'une mère complètement stressée.

— Vous êtes certaine ?

Elle se releva en se jurant d'examiner l'homme de près pour se prouver à quel point elle était ridicule. Avec un peu de chance, ce serait un petit gros, rien à voir avec le grand diable brun qui l'avait séduite cinq ans plus tôt par une nuit d'hiver, à Londres, avec un chocolat chaud et une lueur tourmentée dans ses grands yeux bruns.

Plus important, qu'il ne ressemble en rien au grand-père d'Ethan, cette sombre brute qu'elle espérait bien ne jamais revoir.

— Oui, merci, répondit-elle en déposant le rouleau de ruban sur le comptoir.

Le sommet de la tête l'élançait encore, mais, sourire professionnel aux lèvres, elle se tourna vers le client. Sans doute cet homme de passage s'était-il arrêté pour un bouquet à sa femme ou à sa petite amie.

— Que puis-je pour vous ? demanda-t-elle en découvrant à hauteur de son regard deux très larges épaules couvertes d'un élégant manteau en poil de chameau. Des épaules qui donnaient d'emblée une impression de puissance et d'assurance.

Son sourire s'évanouit aussitôt, mais, comme ces gens qui regardent à travers leurs doigts un film qui les terrifie, elle ne put s'empêcher de lever la tête vers deux yeux bruns profondément enfoncés dans un visage d'une beauté un peu sauvage.

— Bonjour Annah.

Elle poussa un petit cri et recula d'un pas, le cœur battant, pour s'appuyer au comptoir.

— Attention ! s'écria Luca Cavallari en se rapprochant.

— Ne me touche pas, hurla-t-elle en pointant vers lui le premier objet qui lui tomba sous main, ses ciseaux de fleuriste.

Il fixa le petit sécateur d'un air plus interrogateur qu'apeuré.

— Tu serais capable de me poignarder, Annah ? demanda-t-il doucement

— Peut-être, répondit-elle en agrippant les ciseaux.

Évidemment, elle ne l'aurait jamais fait, mais il ne pouvait pas en être sûr puisqu'il ne la connaissait pas. Ils étaient des étrangers l'un pour l'autre, même s'ils avaient ensemble donné naissance à une extraordinaire petite créature. Annah était prête à tout pour protéger son fils, surtout de quelqu'un qui avait voulu se débarrasser de lui avant même qu'il ne vienne au monde.

Le carillon de la porte retentit à nouveau, ce qui déconcentra Annah. Luca lui prit le poignet pour la désarmer et projeter les ciseaux à l'autre bout du comptoir, hors de son atteinte.

— Non ! s'écria-t-elle en cherchant à se dégager, mais il était trop fort pour elle.

Elle jeta un regard paniqué au nouveau venu, un géant au cou épais, entièrement vêtu de noir, et sentit son estomac se nouer.

— Ce n'est pas vrai ! s'exclama-t-elle en jetant un regard de défi à Luca. Tu es venu avec du renfort !

Il la regarda d'un air perplexe, mais à quoi s'attendait-il ? À ce qu'elle l'accueille à bras ouverts ? Si seulement elle avait feint de ne pas le reconnaître. Elle n'avait passé qu'une nuit avec lui cinq ans plus tôt, elle aurait très bien pu oublier son visage.

Sauf qu'elle ne l'avait pas oublié. Comment oublier l'homme à qui elle avait offert sa virginité, le seul homme avec qui elle ait jamais couché, quand chaque jour elle contemplait sa minuscule et si vivante réplique ?

À la pensée d'Ethan, son anxiété redoubla. Elle avait trop paniqué pour pouvoir faire comme si de rien n'était. Son geste l'avait trahie, avait révélé sa peur. Maintenant, il ne pouvait plus ignorer qu'elle avait quelque chose à cacher.

Le cœur battant, elle regarda l'homme en noir, puis à nouveau Luca, qui l'observait d'un œil inquisiteur. Il se tourna vers l'autre homme et lui adressa quelques mots en italien. Immédiatement, le colosse sortit de la boutique et traversa la rue en direction d'un gros SUV noir garé près de l'épicerie du village, deux roues sur le trottoir pour ne pas bloquer la circulation.

L'épicière ne semblait pas là, au grand soulagement d'Annah. Elle aimait bien Dorothy Green, une veuve quinquagénaire gentille et pleine de bonnes intentions mais incroyablement curieuse. Dot n'ignorait rien de ce qui se passait à Hollyfield, un nouveau visage ne pouvait manquer de l'intéresser.

— Tu n'as rien à craindre, dit Luca de sa voix de velours sans lui lâcher le poignet, comme s'il avait peur qu'elle ne l'attaque de nouveau. J'aimerais simplement te parler.

Elle frémit, trop sensible à la beauté de ses yeux bruns bordés de longs cils sombres, mais recula d'un pas. Elle n'avait pas oublié comment l'horrible père de Luca l'avait traitée, sans rien vouloir savoir de l'embryon qui, à l'époque, ne devait pas être plus gros qu'une lentille dans son ventre. Son petit-fils ? Au grand jamais !

Et Luca, où était-il au moment où elle aurait eu tant besoin de lui parler ? Absent, bien entendu ! Sans doute dans les bras d'une autre femme, l'ayant complètement oubliée alors qu'elle gardait un souvenir inaltérable de l'unique nuit qu'ils avaient passé ensemble. La seule occasion, dans sa vie, où elle avait obéi à son désir, avec spontanéité, au lieu d'agir raisonnablement comme à son habitude.

— Parler de quoi ? demanda-t-elle comme si sa présence dans cette boutique de fleurs perdue au milieu du Devon pouvait être un pur hasard.

Et s'il ignorait tout de l'existence d'Ethan ?

Trois mots suffirent à étouffer cet espoir :

— De notre fils, répondit-il en la fixant droit dans les yeux.

— *Mon* fils, corrigea-t-elle sur un ton plus dur qu'elle ne l'aurait souhaité en tirant sur son poignet. Lâche-moi.

Comment pouvait-il, après quatre ans, se présenter sur le seuil de la boutique et faire semblant de s'intéresser à ce fils qu'il n'avait pas désiré ?

Il la lâcha et elle croisa les bras, la tête pleine d'un millier de questions. Comment et quand avait-il su qu'elle avait mené sa grossesse à terme ? Pourquoi surgissait-il maintenant ? Et surtout, que cherchait-il ?

Pas Ethan s'il te plaît. Non, pas Ethan.

Jamais son petit garçon ne fréquenterait sa famille paternelle ! Pour ce qu'elle en savait, le grand-père d'Ethan était une sorte de gangster moderne. Évidemment, il s'agissait de rumeurs qui circulaient en Italie, rapportées par un cuisinier italien qui dramatisait tout et avec qui Chloe avait eu une brève liaison à Londres. Mais Annah n'avait pas besoin qu'on la convainque davantage ; elle avait rencontré Franco Cavallari, qui l'avait absolument terrifiée. Jamais elle n'avait croisé personne d'aussi monstrueux et inhumain, totalement dénué de compassion.

— Annah…

Elle tendit la main devant elle en fermant les yeux.

— Un instant, murmura-t-elle, car jamais elle n'avait imaginé la possibilité d'une telle conversation.

Elle, que Chloe surnommait la reine de l'anticipation, ne s'y était pas convenablement préparée. Elle rouvrit les yeux en tentant de parer au choc de sa parfaite virilité. Au moins, il ne la touchait plus, et son corps ne vibrait plus aux endroits les plus inappropriés. Pas question de se sentir sexuellement attirée par cet homme.

— Tout va bien ? demanda-t-il soudain. Peut-être faudrait-il te faire examiner la tête.

Il tendit les mains vers elle, et instinctivement elle recula. Sentir les doigts de Luca Cavallari sur son crâne aurait fini de la déstabiliser.

— Ma tête va parfaitement bien, répondit-elle avec empressement. Je suis juste un peu… déroutée. Pour être franche, jamais je n'aurais imaginé cette conversation.

— Tu n'imaginais pas que je puisse un jour avoir envie de connaître mon fils ?

La question la déstabilisa, comme si elle avait la moindre raison de se sentir coupable.

— Tu n'as jamais vu mon fils. Comment peux-tu être certain qu'il est de toi ?

— J'ai vu son acte de naissance. Et des photos.

Elle sursauta. Des photos d'Ethan ? Comment ? Elle avait pourtant pris toutes les précautions possibles, elle n'utilisait les réseaux sociaux que pour le travail, et n'avait jamais mis le moindre cliché de son fils en ligne. Luca enfonça les mains dans les poches de son précieux manteau. Avec son côté sombre, sa minceur – malgré ses larges épaules – et son look affûté, il aurait pu défiler à Paris ou à Milan. Mais à Hollyfield son allure semblait complètement déplacée.

— Ton fils est né au Royal Devon and Exeter Hospital exactement trente-six semaines et cinq jours après que nous avons passé la nuit ensemble à Londres. Je ne suis pas gynécologue, mais je sais compter. À moins que tu aies couché avec un autre homme qui me ressemble au même moment…

Il s'arrêta juste assez longtemps pour qu'elle se souvienne à quel point elle était innocente, à l'époque.

— Sans avoir besoin de faire un test ADN – ce que je n'exclue pas, évidemment –, je suis raisonnablement certain qu'Ethan Sinclair n'est pas seulement ton fils mais également le mien.

Elle le fixa, furieuse de ne rien trouver à lui répondre.

— Quelles photos ? demanda-t-elle.

Il hésita un instant.

— Des photos prises par un enquêteur.

— Alors tu nous as fait surveiller, s'écria-t-elle d'une voix aiguë.

Son estomac se noua à l'idée qu'il avait violé son intimité. Avait-il aussi des photos d'elle ?

— Pas moi.

— Qui, alors ?

— Mon père, répondit-il d'un air sombre.

Elle sentit un frisson courir le long de son dos.

— Pourquoi ?

— Je ne sais pas.

— Tu le lui as demandé ?
— Non.
— Pourquoi ?
— Parce qu'il est mort.

2.

Luca en revenait à peine. Comment pouvait-il annoncer que son père était mort sans rien ressentir d'autre à son égard que de la répulsion ? Annah écarquilla les yeux sans un mot de condoléances, et ce silence confirma les soupçons de Luca. Son père ne s'était pas contenté de les placer sous surveillance, leur fils et elle.

Ils avaient forcément dû se rencontrer. Même s'il ne savait ni quand ni pourquoi, Franco l'avait certainement terrorisée, sinon pourquoi aurait-elle brandi une arme quand elle l'avait vu, lui ? L'idée que sa simple vue puisse paniquer cette femme, la mère de son fils, le rendait physiquement malade. Il avait mis trois jours à la localiser, trois jours durant lesquels il avait fini par se convaincre qu'il avait bien engendré un fils.

Il s'était alors envolé de Palerme à Exeter dans son jet privé, puis avait roulé jusqu'à ce coin perdu de la campagne anglaise, ce qui lui avait permis de se préparer mentalement. Mais il avait refusé ce luxe à Annah en débarquant sans s'être annoncé : il s'attendait à provoquer chez elle un choc, de la défiance et de la culpabilité, puisque durant quatre ans elle avait élevé son fils sans l'informer de son existence.

Mais une panique aussi vive ?

Lorsqu'il l'avait touchée, dans le seul but de la maîtriser et la calmer après l'avoir désarmée, elle l'avait fixé comme s'il cherchait à la prendre au piège. Et, dès qu'il avait fait allusion à leur fils, elle s'était montrée farouche et possessive comme une tigresse protégeant son petit. Ou plutôt *leur* petit.

Pourquoi lui avait-elle alors semblé si sexy ?

Le carillon de la porte retentit, un son qui lui rappela le petit marchand de glace désuet chez qui son frère et lui allaient s'approvisionner, dans le village de pêcheurs proche de la maison de leur enfance. Comme tout ce qui concernait son frère, le souvenir le mit mal à l'aise et il le chassa pour se tourner vers la porte, espérant que ce n'était pas son garde du corps. Le physique imposant de Mario effrayait souvent les gens, et la frayeur d'Annah avait augmenté d'un cran quand elle l'avait vu. Luca l'avait renvoyé dans la voiture : Mario était payé pour le protéger, mais il n'avait rien à craindre d'Annah, ni Annah de lui d'ailleurs.

Le nouveau venu n'était pas Mario mais un homme maigre et chauve qui s'approcha du comptoir.

— Bonjour Brian, lui dit Annah. Désolée, je suis occupée, mais je suis à toi dans deux minutes.

— Pas de problème. Sers ton client, répondit Brian en saluant Luca d'un signe de tête.

— Il faut d'abord que je m'occupe de Caroline qui a commandé un bouquet à 15 heures, répondit-elle avec un sourire contraint à Luca. Peut-être vaut-il mieux que tu reviennes dans dix minutes ?

Elle n'allait pas se débarrasser de lui si facilement.

— Je peux attendre.

— Très bien, dit Brian. Je fais un saut chez Dot et je reviens.

Luca prit appui sur le comptoir et croisa les bras. Annah le contemplait, les mains sur les hanches.

— Toi et moi, lui dit-il, nous allons avoir une petite conversation.

— D'accord, répondit-elle sur un ton peu amène, mais rends-moi mes ciseaux, j'en ai besoin.

Il prit les ciseaux sur le comptoir et les lui tendit.

— Je peux te faire confiance ? demanda-t-il.

Elle lui jeta un regard noir avant de se remettre au travail. Ses doigts agiles se mouvaient rapidement, composant un superbe bouquet.

Luca regarda autour de lui. La boutique était petite, mais très bien agencée et décorée dans un style contemporain. Une inscription élégante s'étalait sur la vitrine : « SCENT FLORAL BOUTIQUE ». D'après le rapport de son enquêteur, Annah en était copropriétaire, et il se souvenait que, cette fameuse nuit à Londres, elle lui avait parlé de son projet d'ouvrir un atelier floral avec une amie.

— Félicitations pour ton affaire, dit-il.

Elle reposa ses ciseaux et le regarda.

— C'était ton ambition, n'est-ce pas ? fit-il.

— Oui, répondit-elle après un instant d'hésitation.

— Tu dois être fière de toi.

À peine avait-il prononcé ces mots qu'il se rendit compte à quel point, sans qu'il l'ait voulu, ils pouvaient paraître condescendants. Bâtir une affaire à partir de rien constituait un véritable défi. Il avait lui-même créé un prospère fonds d'investissement privé à New York ; cela l'avait occupé à plein temps durant cinq ans mais il ne l'avait jamais regretté. Il y avait quelque chose de très satisfaisant à gagner sa vie de façon honnête, un concept que son père avait toujours rejeté malgré les efforts de Luca pour le guider vers la légalité. Un petit commerce et un fonds d'un milliard de dollars avaient beau être à des années-lumière, les principes de base de la réussite restaient les mêmes.

Et Annah ne se contentait pas de faire marcher une affaire, elle élevait aussi un enfant. Son enfant à lui. Une responsabilité qu'elle n'aurait pas dû assumer seule, qu'elle n'assumerait plus seule désormais.

Elle se remit au travail, et lui sortit son téléphone. Pas question de rester là à la regarder, au risque de contempler ses traits délicatement ciselés, son teint parfait et sa silhouette aux courbes délicates. Ses yeux étaient d'un bleu toujours aussi profond, et sa chevelure dorée toujours aussi brillante. Cinq ans plus tôt, jamais il n'aurait cru qu'Annah Sinclair pouvait embellir encore. Et pourtant, c'était le cas.

Il se concentra sur ses e-mails jusqu'au retour de Brian, à qui elle tendit le superbe bouquet de fleurs et de feuillage qu'elle venait de composer. Après son départ, elle verrouilla la porte et afficha le panneau « FERMÉ ». Puis, dans l'arrière-boutique, elle ôta son tablier rouge. Elle portait un jean noir et un T-shirt blanc à manches longues.

— Je peux t'accorder une demi-heure. Après, je dois aller récupérer mon fils.

— Où donc ? demanda-t-il en rangeant son téléphone.

— À la halte-garderie. Mais nous pouvons discuter en haut, lança-t-elle par-dessus son épaule en se dirigeant vers l'escalier.

Luca la suivit. Les marches craquaient sous son poids, et il préféra se concentrer sur ses pieds plutôt que sur le dos d'Annah qui s'oscillait devant lui. Arrivée sur l'étroit palier, elle ouvrit une porte et le fit pénétrer dans une vaste pièce. Le soleil entrait à flots dans ce qui était à la fois un salon et une salle à manger avec cuisine américaine.

D'après le rapport de l'enquêteur, la boutique et l'appartement d'Annah se trouvaient à la même adresse. Soudain, il prit conscience qu'il se trouvait chez son fils, sur un tapis où Ethan avait probablement mille fois marché et rampé.

Dans un coin de la pièce, près du canapé, une caisse pleine de jouets, un camion bleu et blanc sous la table basse et un chat – un vrai chat roux – couché en rond dans un fauteuil lui serrèrent le cœur. Sur le mur, une grande photo d'Annah et Ethan souriaient à l'objectif. Une photo superbe. Il détourna le regard.

— Depuis quand vis-tu ici ?

— Avant la naissance d'Ethan.

Il l'imagina montant l'escalier, des sacs de courses à la main, le bébé dans sa poussette. Elle referma la porte.

— Je vais nous faire du thé.

Eh oui, la fameuse tasse de thé, solution typiquement

anglaise à n'importe quel problème. Il aurait préféré un expresso ou même un verre de whisky mais, si ce rituel pouvait calmer Annah et faciliter leur dialogue, il était prêt à avaler deux litres de thé.

Elle se dirigea vers la cuisine, et il traversa la pièce pour regarder par la fenêtre qui donnait sur l'arrière de la résidence. La cuisine ouvrait sur une terrasse couverte meublée d'une table en fer forgé, de deux chaises et de quelques plantes en pot. Une volée de marches menait à une cour où était garée une cinq portes. Un mur de briques séparait l'arrière de la propriété d'une forêt dense.

D'un point de vue sécuritaire, il se réjouissait que l'appartement du premier étage ait une double issue. Mais comment ne pas comparer la cour en ciment et la terrasse minuscule avec l'espace extérieur où Enzo et lui avaient grandi, au milieu de jardins paysagers, de vignes et de vergers d'oliviers et de citronniers.

Il avait très envie que son fils profite lui aussi de cet environnement, de la liberté de courir, de jouer et d'explorer la propriété qui lui appartiendrait un jour. Une propriété que Luca avait crue perdue à jamais, comme tout ce qui était associé à l'héritage des Cavallari. Mais, récemment, il avait eu la possibilité de récupérer une partie des biens souillés par la corruption de son père et de les rendre de nouveau dignes d'être transmis à la génération suivante.

Au sifflement de la bouilloire, il revint vers le coin cuisine où Annah se tenait de dos. Une théière était posée sur le comptoir, couvercle ôté, attendant d'être remplie.

— Annah ? murmura-t-il en s'approchant.

Elle se tourna vers lui et le toisa.

— Tu peux partir.

— Excuse-moi ?

— Tu ferais mieux de partir. Comme ça, on pourra faire comme si tu n'étais jamais venu. Tu n'entendras plus parler de nous, jamais je ne te recontacterai, je te le promets. Jamais je ne te demanderai d'argent. Ni quoi que ce soit d'autre.

La colère le submergea. Comment pouvait-elle imaginer qu'il parte sans se retourner en faisant comme si son fils, sa propre chair, n'existait pas ? Il serra les dents.

— Termine de faire le thé, Annah.

— Luca, murmura-t-elle dans un souffle rauque qui résonna au creux de son ventre, ravivant un souvenir aussi présent que s'ils avaient couché ensemble la veille.

« Continue, Luca, je t'en prie… »

C'était ce qu'il avait fait et, quand il avait senti une résistance et entendu son petit cri de douleur, il avait soudain compris et s'était immobilisé avant de tenter de se retirer, par réflexe. Mais il était déjà trop tard. Impossible de revenir en arrière et de restaurer son innocence. Il était profondément en elle et elle s'accrochait à lui, refusant de le laisser partir.

Il chassa ce souvenir et ôta son manteau, qu'il posa sur une chaise de salle à manger.

— Noir, dit-il en enfonçant les mains dans ses poches de pantalon. Pas de sucre. Et bien fort, merci.

Elle finit de préparer le thé en silence et ce ne fut qu'une fois assis à la petite table, les mugs fumants en face d'eux, qu'elle se décida à parler :

— Quand ton père est-il mort ?

— Il y a deux mois.

Elle acquiesça d'un signe, les doigts serrés sur le mug, et fixa son thé si longuement qu'il perdit patience.

— Tu vas enfin me dire ce qui s'est passé ?

— Ce n'est pas suffisamment clair ? répondit-elle en levant les yeux vers lui. Je n'ai de toute évidence pas fait ce que tu voulais.

— Je ne comprends pas.

— Allons, Luca, dit-elle d'une voix dure, amère, et incrédule. Tu n'as pas eu le courage de me proposer de l'argent toi-même, mais ton père m'a bien fait comprendre qu'il défendait tes intérêts.

Il sentit son estomac se nouer. Il voulait la vérité, mais il aurait également voulu se boucher les oreilles, parce que ce qu'il allait entendre détruirait à jamais l'infime trace d'amour qu'il avait jadis ressenti pour son père, il le savait.

— Quand ?

— Pardon ?

— Quand as-tu parlé à mon père ?

— Pourquoi me demandes-tu… ?

— Je t'en prie, réponds-moi.

Elle posa son mug et croisa les bras sur sa poitrine.

— En mars de cette année-là. À Londres. Au siège de Cavallari.

Les poumons de Luca se bloquèrent comme s'il venait de recevoir un poing en pleine poitrine. Il mit un moment à reprendre son souffle.

— Tu te rappelles ce que je t'ai dit cette nuit-là, à Londres ? Que je devais partir le lendemain aux États-Unis ?

— Oui. Tu venais de démissionner et tu devais t'envoler le lendemain pour New York.

Il avait eu beau la désirer comme un fou, il ne lui avait pas fait de fausses promesses. Il n'avait plus rien à faire en Europe, en Sicile, et avait déjà réservé son vol pour New York. Son père l'avait proscrit et lui avait interdit de revenir. Il n'avait pas caché à Annah son départ imminent. Il ne pouvait lui offrir qu'une nuit de plaisir. Rien de plus.

Il repoussa sa tasse et se carra dans son siège.

— Trois jours avant notre rencontre, nous nous sommes violemment disputés, mon père et moi. Le poste dont j'ai démissionné était la direction de la filiale de Cavallari Enterprises à Londres.

Le même jour, il avait quitté son bureau et son appartement de fonction pour s'installer à l'hôtel avec ses effets personnels. Il ne voulait plus rien qui soit payé par les trafics louches de Franco Cavallari.

— Après mon départ, je n'ai plus eu aucun contact avec quiconque en lien avec l'entreprise, mon père compris.

— Qu'est-ce que tu dis ?

— Jamais plus mon père et moi ne nous sommes parlé. Quand je l'ai revu, il était dans son cercueil.

Il s'arrêta un instant pour qu'elle comprenne bien la portée de sa phrase.

— Mais que t'a-t-il proposé de payer ? demanda-t-il.

Elle hésita un instant, visiblement stupéfaite.

— Un avortement, répondit-elle dans un souffle.

Annah et Luca se regardèrent un long moment, immobiles de part et d'autre de la table.

— Raconte-moi tout, dit-il d'un air sombre.

Elle reprit son souffle, visiblement ébranlée par ce qu'elle venait d'apprendre. S'il disait la vérité, tout ce qu'elle avait cru à son sujet durant les cinq années précédentes n'était que mensonge.

— Et d'abord, fit-il d'un ton plus doux, comme s'il prenait tout juste conscience de ce que ses propos avaient dû avoir de choquant pour elle, quand as-tu découvert que tu étais enceinte ?

— Au bout de quatre semaines, répondit-elle d'une voix plus troublée qu'elle ne l'aurait voulu. Jusque-là, ça ne m'était pas venu à l'esprit. Après tout, nous avions utilisé un préservatif.

Elle rougit et détourna la tête. Il ne fallait pas qu'elle pense au sexe avec Luca. Pas alors qu'il était assis à côté d'elle, toujours aussi beau, aussi attirant. En le faisant monter à l'étage, elle avait pris un risque calculé. Pour parler, ils auraient aussi bien pu aller dans l'agréable pub des Wilkinson, à cinq cents mètres, ou s'asseoir sur un banc du jardin public. Mais ils n'auraient pas joui de la même intimité.

De toute façon, elle ne se sentait pas en danger. Malgré sa réaction inconsidérée, dans la boutique, elle sentait que Luca n'était une menace ni pour elle ni pour Ethan.

— Tu ne prenais pas la pilule ?

— Non.

— Les préservatifs ne sont pas sûrs à cent pour cent, dit-il, en proie aux pensées qui avaient également assailli

Annah au début, quand elle repoussait l'idée qu'elle était enceinte.

— Il faut croire que non. Cependant, tu avais le droit de savoir et je voulais te mettre au courant. Mais je ne savais pas comment te contacter.

Cela sonnait trop comme une accusation. Elle ne voulait pas avoir l'air de lui reprocher de ne pas lui avoir donné son numéro de téléphone. Il l'avait avertie qu'il quittait le pays et ne pouvait lui offrir qu'une nuit sans lendemain.

Il se passa la main sur le visage. Il s'était rasé à 5 heures du matin mais sa barbe poussait vite, et Annah entendit le bruit de la repousse sous ses doigts.

— Je n'avais pas pensé… aux conséquences possibles, dit-il d'un air gêné.

Après un long silence, il reprit la parole.

— Dis-moi comment – et pourquoi – tu as fini par te retrouver en contact avec mon père.

Elle avala une gorgée de thé, les deux mains plaquées contre le mug comme pour en absorber la chaleur.

— Quelle importance ? répondit-elle, le cœur serré au souvenir de cette rencontre. Ce qui est fait est fait, nous ne reviendrons pas sur les cinq dernières années.

— Pour moi, c'est important, dit-il, les mâchoires crispées.

Exactement de la même manière qu'Ethan quand il refusait d'en démordre.

— J'ai essayé de te retrouver sur les réseaux sociaux, dit-elle en soupirant, sans avouer qu'elle avait commencé ses recherches avant même de savoir qu'elle était enceinte.

Après cette fameuse nuit, elle avait eu beaucoup de mal à l'oublier. Finalement, poussée par la curiosité, alors qu'elle ignorait tout de lui ou presque sauf son nom, elle avait découvert des dizaines de Luca Cavallari, mais aucun n'était le bel étranger ténébreux avec qui elle avait passé la nuit dans un hôtel de luxe de Londres.

— Je ne suis pas sur les réseaux sociaux.

— Je m'en suis rendu compte, dit-elle en reposant son

mug sur la table. Je t'ai cherché sur Internet en associant ton nom avec New York et Rome, puisque tu m'avais dit que tu étais originaire de là-bas.

Mais c'était un mensonge : il était sicilien.

— Ça m'a pris du temps, mais j'ai fini par repérer une photo de toi à un gala de charité, à Rome.

Elle avait senti son cœur s'emballer en le découvrant, superbe dans son smoking, au bras d'une femme très glamour. La photo, vieille de deux ans, lui avait pourtant serré le cœur dans un réflexe de jalousie stupide.

— La légende mentionnait votre affaire familiale. J'ai découvert un bureau à Londres, que j'ai appelé pour avoir ton numéro de téléphone ou ton adresse e-mail. Mais la réceptionniste m'a dit que tu avais démissionné sans laisser d'adresse. Je n'arrivais pas à croire que, dans votre entreprise, personne ne sache comment te contacter. J'ai rappelé, je suis tombée sur une personne différente, mais elle m'a raconté la même histoire.

Cela avait été si frustrant – et si humiliant…

— Finalement, j'ai perdu mon sang-froid et fait quelque chose d'idiot. J'ai déclaré que j'attendais un enfant de toi et suggéré que quelqu'un transmette cette information, dit-elle avec un petit rire sans joie. Une heure plus tard, une femme m'a rappelée et fixé un rendez-vous pour le surlendemain.

Elle baissa les yeux sur ses mains.

— En y allant, je pensais peut-être te revoir, dit-elle sans avouer qu'en dépit des circonstances cette perspective l'avait terriblement troublée. Mais c'est ton père qui m'a accueillie.

Elle regarda Luca, dont le visage s'était soudain tendu.

— Il ne s'est pas montré très aimable, poursuivit-elle, préférant minimiser le mépris dont Franco Cavallari avait fait preuve envers elle. Il m'a traitée comme si je cherchais à lui extorquer de l'argent, m'a tendu un chèque de dix mille livres et m'a dit d'aller me faire avorter.

À ce souvenir, sa voix se mit à trembler.

— J'ai voulu partir sans, mais il l'a fourré de force dans mon sac avant de me faire sortir de son bureau. Dès que je suis rentrée chez moi, j'ai déchiré le chèque.

— Que t'a-t-il dit d'autre ?

— Pas grand-chose.

— Mais encore ?

— Que c'était ce que tu aurais fait si tu avais encore été à Londres, que tu me souhaitais bonne chance et que tu espérais que cette histoire était terminée.

Ces mots l'avaient plus démolie que tout le reste. Un robuste vigile l'avait raccompagnée à la porte. Les jambes tremblantes, elle s'était précipitée dans une galerie marchande pour vomir dans les toilettes.

— Il t'a menacée ?

— Pas vraiment – pas littéralement. Mais il s'est montré… intimidant.

Et convaincant. Elle était rentrée chez elle avec la certitude que Luca les rejetait, elle et son futur bébé, mais qu'il n'avait pas eu le courage ni la décence de le lui dire en face.

L'émotion lui serra la gorge. Elle se leva et se précipita vers la porte du fond qu'elle tenta d'ouvrir de ses mains tremblantes. Mais le verrou était bloqué – pourquoi le propriétaire ne l'avait-il pas encore remplacé comme il l'avait promis ? Elle sentit ses yeux se mouiller. Pourtant, pas question de fondre en larmes. Elle avait seulement besoin d'un peu d'air frais.

Si seulement ce fichu verrou…

Il finit par céder, et la porte s'ouvrit. Elle se précipita sur la terrasse et aspira avidement l'air glacé. Quelques secondes plus tard, elle sentit derrière elle la présence de Luca, avant même d'entendre sa voix.

— J'ignorais que tu étais enceinte, Annah. Si j'avais été au courant, tout se serait passé autrement. Il est important que tu le saches avant que nous allions plus loin.

Que nous allions plus loin ?

Elle n'était pas certaine de vouloir comprendre ce qu'il

entendait par là. Les mains crispées sur la rambarde, elle contempla le paysage campagnard qui s'étendait devant elle. Tout était tranquille à Hollyfield, trop tranquille même parfois, mais la campagne était belle et les villageois accueillants et sympathiques.

Ethan et elle avaient été heureux de se fixer là, et elle n'avait pas envie qu'il subisse les mêmes bouleversements qu'elle durant toute son enfance.

Mais Luca était là et ne semblait pas prêt à partir, elle allait devoir composer avec cela. Composer avec lui. Elle se redressa et lui fit face.

— Et maintenant ?

— Maintenant, emmène-moi voir mon fils, répondit-il

3.

Luca remonta à l'arrière du SUV et demanda à Mario de suivre la voiture d'Annah. La garderie de son fils se trouvait apparemment dans un village voisin, à une quinzaine de minutes de route.

Annah, certes réticente, n'avait pas eu l'air effrayée qu'il fasse la connaissance d'Ethan. Elle paraissait néanmoins plus dure que cinq ans auparavant, et beaucoup moins confiante.

Il serra les poings. Si son père n'avait pas déjà été mort, il l'aurait volontiers étranglé de ses propres mains. Le récit d'Annah l'avait d'abord laissé sans voix, puis la colère l'avait submergé à l'idée de ce que Franco avait fait. Comment son père avait-il pu le haïr à ce point ?

La bile lui remontait dans la gorge. Franco Cavallari avait emporté dans sa tombe la réponse à tant de questions. Pourquoi possédait-il des photos d'Annah et d'Ethan, et qu'avait-il prévu d'en faire ?

Durant dix minutes, Mario suivit la camionnette. Annah conduisait à bonne allure, visiblement familière des petites routes et des chemins de campagne. Puis ils atteignirent un village, et elle se gara dans une contre-allée. Mario s'arrêta derrière elle.

Elle sortit, traversa la route et ouvrit une grille encastrée dans une haute palissade de bois. Une minute passa, puis une autre. Luca tapota nerveusement des doigts sur sa cuisse.

Combien de temps cela prenait-il de récupérer son enfant ?

Il regarda les autres véhicules aller et venir. Les parents s'engouffraient par la grille, et réapparaissaient bientôt avec au moins un enfant dans une poussette.

Il sortit du SUV et s'engagea sur le chemin, s'arrêtant sans cesse pour regarder la route. Derrière le volant, Mario le suivait des yeux d'un air vaguement amusé, et Luca lui jeta un regard noir. De nouveau il fixa la grille. Peut-être devrait-il entrer ? Mais à peine l'avait-il envisagé qu'elle s'ouvrit sur Annah, tenant un garçonnet aux cheveux sombres par la main.

Luca s'immobilisa, le cœur battant et les paumes moites.

Il allait faire connaissance de son fils. Rien ne l'avait préparé à cela. Rien pour l'aider à naviguer en territoire inconnu.

Ethan ressemblait terriblement à l'enfant qu'il avait été durant les jours heureux de la famille Cavallari, avant que d'affreuses révélations et de tragiques événements ne détruisent ce bonheur éphémère, creusant un infranchissable abîme entre ses membres. Un souvenir lui revint.

Il faisait chaud, et ils pique-niquaient dans la propriété familiale. Luca n'était pas plus vieux qu'Ethan, il criait et riait, à cheval sur les épaules de son père qui courait dans l'herbe, les bras tendus comme les ailes d'un avion. Sa mère, assise dans l'herbe avec Enzo dans les bras, portait un joli bain de soleil. Luca se souvenait de son rire cristallin ; il ignorait encore qu'il n'aurait plus guère l'occasion de l'entendre. Il avait adoré son père, même s'il avait du mal à le reconnaître. Il avait voulu lui ressembler. Pour ce petit garçon, Franco Cavallari était quelqu'un d'important, riche et beau, qui réussissait en tout. Les autres hommes le traitaient avec déférence.

Puis, à l'adolescence, il avait compris que ce n'était pas le respect que son père suscitait chez les autres, mais la peur.

Le soir où Franco avait initié son fils aîné, l'amour que Luca lui vouait s'était changé en quelque chose de déroutant, de complexe. Un mélange dérangeant de répulsion et d'amour qu'il avait mis des années à comprendre.

Sa première erreur avait été de penser pouvoir changer son père. La seconde, de ne pas avoir anéanti Franco quand il en avait eu l'occasion. L'amour l'en avait empêché, il avait été incapable de faire ce qu'il aurait dû. S'il avait été plus fort, s'il avait démoli Franco, il aurait pu sauver son frère.

Il prit une profonde inspiration. Il ne trahirait pas Ethan comme il avait trahi Enzo. Il était meilleur que Franco. Il serait donc un meilleur père. À condition de rester concentré et de garder le contrôle de ses émotions.

— C'est lui, maman ?

Ethan serra plus fort la main d'Annah. Incapable d'avancer, elle ravala la boule qui obstruait sa gorge.

— Oui, mon chéri, dit-elle en regardant de l'autre côté de la route. C'est lui.

— Dis donc ! murmura une voix à côté d'elle.

Annah tourna la tête. Harriet, une mère de cinq enfants perpétuellement épuisée mais pleine d'humour, se tenait à côté d'elle, une petite rouquine posée sur la hanche. Comme Ethan, elle regardait de l'autre côté de la route Luca Cavallari, ce mélange détonnant de sex-appeal et de pure virilité.

— Qui est-ce ? demanda Harriet dans un souffle.

— C'est mon papa, répondit fièrement Ethan en s'accrochant à la jambe de sa mère.

Annah, sentant le sol se dérober sous ses pieds, ferma un instant les yeux. Elle les rouvrit sur Harriet qui la fixait, bouche bée.

— Waouh ! C'est plutôt… inattendu.

Annah eut un rire nerveux.

— Effectivement.

— Si tu as besoin d'aide…

— Merci, bredouilla Annah.

Harriet se dirigea vers sa voiture, et Annah fixa de nouveau Luca qui ne la regardait pas. Ses yeux étaient rivés sur Ethan.

— Maman ?

— Oui ?

— Tu me serres la main trop fort.

— Excuse-moi, mon chéri, dit-elle en desserrant son étreinte.

Elle sourit, espérant avoir l'air moins tendu qu'elle ne l'était en réalité.

— Alors, on traverse ? demanda Ethan d'une petite voix impatiente.

Le cœur d'Annah se serra. Ethan était pressé de rencontrer son père, mais elle-même se sentait toujours aussi anxieuse, sous le choc. Elle aurait aimé avoir quelques jours de répit – le temps de contrôler ses sentiments – avant de présenter Ethan à son père. Mais Luca n'était pas de cet avis.

Elle s'était efforcée de se mettre à sa place. Il avait raté les quatre premières années de la vie de son fils, qu'il soit impatient de le rencontrer était normal. Rappelant à Ethan de bien regarder des deux côtés de la route, elle traversa avec lui. Luca ne portait pas de manteau, et son costume noir, sa haute taille et l'expression intense de son regard, rendaient sa silhouette assez intimidante. Mais, dès qu'ils l'eurent rejoint, il s'accroupit au niveau d'Ethan en souriant d'une façon qui adoucit son visage un peu dur et fit battre plus vite le cœur d'Annah.

— Bonjour Ethan, dit-il. Je m'appelle Luca.

Intimidé, Ethan se tourna vers sa mère.

— Tout va bien, mon chéri. Dis bonjour.

— Bonjour, répéta Ethan en posant la main sur le genou de Luca, comme s'il voulait s'assurer qu'il était bien réel. Tu es mon papa, ajouta-t-il en esquissant un sourire.

Luca jeta à Annah un regard surpris.

— J'ai pensé qu'il valait mieux être franche.

Elle aurait pu présenter Luca comme un « ami », mais Ethan aurait de toute façon fini par apprendre la vérité et compris alors qu'elle lui avait menti. Elle soutint le regard de Luca.

— Merci.

Elle lui fit un petit signe de tête, pleine d'une reconnaissance qu'elle ne s'attendait pas à éprouver et qui ne lui plaisait qu'à moitié. Car Luca et elle seraient peut-être amenés à se battre pour la garde d'Ethan.

— Oui, je suis ton papa mais, dans mon pays, on dit *papà*.

— Ton pays ? Où est-ce ? demanda Ethan.

Elle prit soudain conscience qu'elle ne savait pas d'où il était arrivé, ni où il vivait désormais. New York ? Londres ? La Sicile ? Rome ?

Sa gorge se serra. Comment partager une garde alternée s'ils vivaient dans deux pays différents ?

— Très loin d'ici.

— C'est pour ça que tu n'es pas encore venu me voir ?

Le visage de Luca se crispa, elle vola à son secours.

— Viens, mon chéri. Les canards vont se demander ce que nous faisons.

Ethan se tourna vers son père.

— Toi aussi, tu viens nourrir les canards ?

Elle retint son souffle. Avec ses coûteuses chaussures italiennes et son pantalon de marque, il n'était pas exactement vêtu pour se promener dans la nature, mais il faudrait bien après tout qu'il se plie à leurs habitudes, à Ethan et à elle.

— Oui. Ta mère m'a invité. Ça te va ?

— Oui, dit Ethan avec un grand sourire.

Elle se força à sourire elle aussi. C'était sans doute idiot, mais l'enthousiasme d'Ethan devant son père lui faisait l'effet d'un coup de poing à l'estomac.

— Viens alors, dit-elle avec une gaieté qu'elle était loin d'éprouver. Allons-y avant qu'il ne fasse trop froid.

Une demi-heure plus tard, assise sur un banc creusé dans un vieux tronc noueux, Annah remonta le col de sa veste. Il ne faisait pourtant pas très froid : cette partie du parc naturel était à l'abri du vent et un soleil printanier précoce réchauffait un peu la fin de l'après-midi.

Non, c'était à l'intérieur qu'elle se sentait glacée, comme habitée par une froide boule d'anxiété qui n'était pas près de se résorber, en tout cas pas avant qu'elle connaisse les intentions de Luca pour l'avenir.

Ethan et lui étaient debout au bord de l'eau, les mains pleines de graines et de vieux morceaux de pain qu'ils jetaient à un groupe de canards tapageurs. Un peu plus loin, un couple de cygnes blancs glissait calmement à la surface du lac.

C'était un joli endroit, un de leurs lieux de prédilection. Tout autour, des jonquilles sauvages d'un jaune éclatant fleurissaient déjà. Dans quelques semaines, le printemps sèmerait des confettis de couleurs dans toute la campagne. Ce serait le début de la saison des mariages, et Annah serait très occupée. Chloe et elle s'étaient fait une réputation en se spécialisant dans les mariages et les événements. L'année précédente, elles avaient même obtenu le titre de Fleuriste de Mariage de l'Année.

Elle aurait aimé que Chloe soit là. Ce n'était pas seulement son associée, c'était aussi sa meilleure amie. Annah connaissait beaucoup de monde, mais se faisait plus difficilement des amis. Enfant, elle avait appris à ne compter que sur elle-même, ce qui l'avait rendue farouchement indépendante et encline à protéger plus que nécessaire sa vie privée. Pouvait-elle faire confiance à Luca ?

D'après l'ex de Chloe, Franco Cavallari avait été un homme d'affaires puissant et corrompu, lié au crime organisé. Ce n'était pas parce que Luca avait rompu avec son père qu'il n'était pas lui-même un voyou.

Et les voyous étaient prêts à tout. Même à enlever leurs propres enfants.

Elle tenta de refréner son imagination. Jusque-là, Luca s'était comporté de façon très civilisée, se contentant de prendre une tasse de thé, assis avec elle.

Il se trouvait désormais au bord du lac, en train de nourrir une troupe de canards en compagnie d'Ethan. Elle sourit du risque que cela faisait courir à ses coûteuses chaussures.

— Ils ont tout mangé, maman, cria Ethan en agitant le sac vide. On peut aller voir Sandy, maintenant ?

— Oui.

Elle se leva en s'efforçant de sourire à Luca et à Ethan qui revenaient vers elle. À les voir comme ça, l'un à côté de l'autre, elle éprouvait une émotion qu'elle avait du mal à juguler. Leur ressemblance physique – cheveux sombres, yeux bruns, peau mate – lui serrait le cœur.

— Sandy a huit bébés, dit Ethan à son père qui jeta un regard surpris à Annah.

— De jeunes chiots, précisa celle-ci. Sandy est la golden retriever des propriétaires du café, elle vit dans la maison à côté de l'entrée du parc.

— La dernière fois, ils étaient trop petits pour qu'on les prenne, mais maintenant ils doivent être assez gros, dit Ethan.

Durant tout le trajet jusqu'au café, il bavarda, très excité, en jetant de temps en temps des regards émerveillés à son père. Annah ressentit une pointe de jalousie, même si elle savait qu'elle n'avait pas à rivaliser pour l'affection d'Ethan. Son fils l'aimait. Elle était sa maman, l'arrivée de Luca ne pouvait rien y changer.

Arrivée au café, elle se dirigea vers leur table favorite, déboutonna sa veste et la posa sur le dos de sa chaise. En levant les yeux, elle découvrit le costaud qui accompagnait Luca assis dans un coin de la salle. Le voyant se lever, elle sentit son pouls s'accélérer. Ce n'était pas l'homme qui l'avait brutalement prise par le poignet pour l' « escorter » jusqu'à la porte de Cavallari Enterprises cinq ans plus tôt, après son entretien avec le père de Luca, mais il lui ressemblait assez pour lui donner la chair de poule.

Instinctivement, sans le quitter des yeux, elle se précipita vers Ethan et le serra contre elle.

*
* *

Luca observa le visage d'Annah, et sa peau de pêche. Ses mains étaient crispées sur les épaules d'Ethan et elle fixait Mario comme s'il allait lui arracher son enfant. Pour la rassurer, Luca posa la main sur sa taille, ce qui la fit tressaillir. Elle lui jeta un regard noir. Même si elle n'avait pas de sécateur à la main, la méfiance de son regard prouvait qu'elle avait toujours peur de lui. Cette peur, depuis qu'il était rentré en Sicile, il l'avait lue dans les yeux de beaucoup d'autres gens.

Beaucoup trop.

Son père avait sali le nom des Cavallari, et de trop nombreuses personnes avaient cru Luca de la même espèce. Il lui faudrait du temps pour changer leur perception et regagner leur confiance.

Luca fit un geste en direction de Mario.

— Annah, je te présente Mario, mon chauffeur. Mario, voici Annah et…, ajouta-t-il en posant la main sur la tête du petit garçon, notre fils Ethan.

En prononçant ces mots pour la première fois, il sentit son cœur se gonfler de fierté.

Un sourire fleurit sur le visage de Mario qui transforma soudain le grizzly en ours en peluche.

— Heureux de vous connaître, madame Sinclair, dit-il en tendant son énorme main.

Annah hésita un instant à la serrer. L'énorme patte de Mario recouvrit ses doigts menus.

— Moi aussi.

— Bonjour Ethan.

— Tu sais, Ethan, dit Luca, Mario a une petite fille de ton âge.

Ethan regarda successivement les deux hommes.

— Comment elle s'appelle ?

— Liliana, répondit Mario.

— Quel joli prénom, dit Annah avec un sourire que lui rendit Mario.

Avec un signe de tête en direction de Luca, il prit congé

et regagna le SUV. Annah croisa le regard de Luca, ouvrit la bouche, mais la referma. Une petite brune aux cheveux bouclés venait vers eux. Luca refoula une grimace de frustration.

— Bonjour, Annah, dit la brunette avec un sourire timide mais teinté d'une pointe de curiosité pour Luca.

Comme Annah ne faisait pas les présentations, la jeune femme se tourna vers Ethan et lui ébouriffa les cheveux.

— Salut, jeune homme. Tu as envie de voir les chiots ?

— Oui, répondit Ethan avec un grand sourire.

— Dans ce cas, va vite dans la cour. Laura vient juste de rentrer de l'école, elle est en train de jouer. Que puis-je vous apporter ? demanda-t-elle en se tournant vers Luca et Annah ? Un café ? Quelque chose à manger ?

Luca commanda un café et Annah une théière d'Earl Grey. Une fois que la femme eut disparu avec Ethan, Luca dit d'une voix tranquille :

— Annah, il faut que tu me fasses confiance.

Elle baissa les yeux sur la nappe à carreaux bleus et blancs.

— J'essaie, mais…

— Mais quoi ?

Elle releva la tête pour le regarder de nouveau en face.

— Je ne te connais pas, Luca.

— Dans ce cas, accorde-moi le bénéfice du doute, dit-il en s'efforçant de dissimuler sa frustration. Et crois-moi quand je te dis que ni moi ni personne de mon entourage ne vous fera jamais de mal, ni à Ethan ni à toi.

Elle se mordilla nerveusement la lèvre en contemplant cette bouche qu'en dépit de ses efforts elle n'avait pu chasser de sa mémoire durant toutes ces années.

— Qu'y a-t-il ? demanda-t-il d'une voix bourrue en se tortillant sur son siège, agacé qu'un spectacle aussi anodin qu'Annah se mordillant la lèvre le trouble à ce point.

— On m'a dit des choses, dit-elle finalement à voix éteinte. Au sujet de ton père. Des choses qui m'ont… fait peur.

— Qui te l'a dit ?

— Un ami d'ami, un Italien qui a de la famille en Sicile.

— Quelle sorte de choses ? demanda-t-il, même s'il savait déjà de quoi il s'agissait.

— Qu'il était corrompu, en relation avec la pègre. Et qu'il était impitoyable avec ceux qui se mettaient en travers de son chemin.

Elle le fixa, dans l'expectative, comme si elle s'attendait à ce qu'il balaye ses soupçons et l'assure que c'étaient de simples ragots.

Si seulement il avait pu le faire…

La propriétaire du café arriva avec leurs boissons chaudes. Luca la remercia et attendit son départ pour parler.

— Mon père est mort, rappela-t-il sèchement à Annah. Il ne constitue plus une menace pour Ethan ni pour toi. Maintenant, c'est moi qui dirige Cavallari Enterprises, et je t'assure que la situation n'est plus la même.

Elle baissa les yeux avant qu'il ait pu y lire si elle doutait ou si elle lui faisait confiance. Elle remplit sa tasse.

— Tu es revenu vivre à Londres ? demanda-t-elle.

— Non, répondit-il, grimaçant à la première gorgée de café, à peine meilleur que le café américain. J'habite Palerme. J'y ai emménagé en janvier dernier, après la mort de mon père.

— Tu envisages de t'installer définitivement en Sicile ?

— Oui. Pour le moment.

— Maman, regarde !

Ils tournèrent tous les deux la tête. Ethan, un minuscule chiot roux dans les bras, se précipitait vers eux.

— Elle est adorable, dit Annah en lui caressant la tête.

— C'est un garçon, corrigea Ethan. J'espère que nous allons pouvoir l'emmener chez nous. Mister Pickles va l'adorer.

Le chiot lui lécha le menton, et il rit.

— Je t'ai déjà dit pourquoi nous ne pouvions pas avoir de chien, répondit Annah d'une voix douce mais ferme.

Un jour il va devenir grand, et les gros chiens ont besoin d'un grand jardin pour courir.

— Je sais, dit Ethan en poussant un gros soupir avant d'embrasser la tête du chien. Je vais le rapporter à Sandy.

Après son départ, Luca fixa Annah d'un air interrogateur.

— Mister Pickles ?

— Le chat.

— Ah !

Un animal, pas un homme.

— Il serait sans doute moins contrarié que notre propriétaire si nous ramenions un chien chez nous.

Mais Luca ne l'écoutait plus que d'une oreille. Pourquoi n'avait-il pas envisagé qu'il puisse y avoir un homme dans le paysage ? Annah était aussi belle que désirable. Évidemment, nombre d'hommes rechignaient à prendre en charge l'enfant d'un autre, mais il n'était guère possible qu'en quatre ans elle n'ait pas attiré au moins un prétendant.

Sa gorge se serra. Il n'avait rien à attendre d'Annah mais, à l'idée qu'elle puisse partager son lit avec un autre homme, il sentit la bile lui monter aux lèvres.

Il faillit lui poser la question, mais la porte du café s'ouvrit avec une bouffée d'air glacé sur un couple d'âge moyen. L'homme se dirigea vers le comptoir et la femme vint prendre place juste derrière Annah, si près qu'elle pouvait entendre leur conversation.

Luca ravala sa question.

— Il faudrait que nous puissions parler dans un lieu plus intime et sans être interrompus. Veux-tu dîner avec moi demain soir ?

Elle hésita.

— Il faudra que je trouve une baby-sitter. Mais c'est d'accord.

— Je me suis installée à Fendalton Hall. Tu vois où c'est ?

— Bien sûr.

— Mario passera te chercher…

— Non. Je prendrai ma voiture. Ce n'est qu'à vingt minutes de Hollyfield et je connais la route.

— Comme tu veux, répondit-il, satisfait.

Dix minutes plus tard, debout à côté de la voiture d'Annah, il attendait qu'elle termine d'attacher Ethan dans son siège auto. Il avait déjà dit au revoir à son fils en lui promettant de revenir le voir bientôt, une promesse qu'il avait bien l'intention de tenir.

Annah referma la portière.

— Donne-moi ton téléphone, lui dit-il.

Elle le fixa d'un air surpris.

— Je voudrais y inscrire mon numéro.

Elle hésita quelques secondes avant de tirer son mobile de sa poche, de le débloquer et de le lui tendre.

Il tapa son numéro et lui rendit l'appareil.

— Maintenant, tu peux me joindre nuit et jour.

Puis il lui effleura la tempe de ses lèvres, s'attardant quelques instants de plus qu'il ne l'aurait dû.

— À demain soir, n'est-ce pas ?

— Euh… D'accord.

Elle fit le tour de la voiture à la hâte, s'installa sur son siège sans un mot de plus ni un regard en direction de Luca, et démarra.

Il resta immobile, les yeux fixés sur le véhicule jusqu'à ce qu'il ait disparu. Puis il remonta à l'arrière du SUV.

— Tout va bien, patron ? demanda Mario.

— Oui, ça va aller, répondit Luca en s'installant dans son siège.

4.

Annah changea de tenue trois fois avant de se décider pour un fourreau bleu marine, un collier de perles avec boucles d'oreilles assorties et une paire de ballerines taupe. Elle avait porté cette tenue lors d'un rendez-vous d'affaires avec un client dans un endroit chic, il était parfait pour cette soirée car Fendalton Hall était l'hôtel le plus élégant de la région. Et son dîner avec Luca était précisément un rendez-vous d'affaires, elle n'avait pas cessé de se le répéter ces dernières vingt-quatre heures.

Ce qui ne l'empêchait pas d'avoir l'estomac noué. Après s'être parfumée légèrement, elle prit son sac, un élégant manteau noir, et se dirigea vers le salon. Chloé, qui l'avait déjà vue dans les deux tenues précédentes et les avait trouvées parfaites, se leva du canapé et lui jeta un coup d'œil avant de déclarer :

— Impec.

— Je ne suis pas trop maquillée ?

— Juste ce qu'il faut. Comme te sens-tu ?

— Très bien.

— Oh la menteuse !

Annah ne put s'empêcher de rire.

— Et toi, tu es une vraie amie. Tu n'étais pas obligée de rentrer plus tôt.

Chloe l'avait appelée la veille au soir pour bavarder et régler les derniers détails d'un mariage qui devait avoir lieu le samedi. Son amie était au fait des circonstances de la conception d'Ethan et savait comment les choses s'étaient déroulées ensuite ; Annah lui avait donc tout dit sur la réapparition de Luca, sans se douter que Chloé allait rentrer à Hollyfield un jour plus tôt que prévu.

— Ne sois pas stupide. Je voulais être là si tu avais besoin de moi.

Elle se carra dans le canapé, et faillit écraser Mister Pickles qui sauta par terre en agitant la queue avec indignation.

— De toute façon, dit Chloe, après cinq jours à Londres, l'air de la campagne me manquait trop. Et Ben était évidemment ravi que je revienne plus tôt.

— Sauf que ce n'est pas avec lui que tu passes la soirée. Tu te retrouves ici, en train de garder Ethan.

— Ne t'en fais pas ! Ben est encore au travail, il vient me rejoindre ensuite, dit Chloe avant de fixer Annah d'un air dramatique. Imagine si tu avais dû demander à Dot ! Elle aurait mis un point d'honneur à découvrir avec qui tu dînais.

— Je sais, répondit Annah en enfilant son manteau. Tu m'as sauvée.

Elle ouvrit son sac et en vérifia le contenu pour la énième fois. Portefeuille. Clés. Baume pour les lèvres. Mouchoirs. Satisfaite, elle le referma et ajusta la bandoulière à son épaule.

— Ethan est endormi ? Je devrais peut-être vérifier avant de partir.

— Il dort comme un loir. Tu vas le réveiller. Tu as déjà vérifié six fois. Tu as ton téléphone ?

— Zut !

Annah fonça vers sa chambre, où elle avait laissé son téléphone en charge, puis revint dans le salon.

Chloe était debout en train de fouiller dans son sac à elle.

— Attends une seconde, dit-elle en en tirant un petit objet qu'elle fourra dans la main de son amie.

— Prends ça.

— Mais c'est un spray anti-agression ! dit Annah, ébahie.

— Je vis avec un flic. Ce spray de défense est tout à fait légal. Je le prends chaque fois que je vais à Londres.

— Je n'en ai pas besoin, protesta Annah en fronçant les sourcils.

— En es-tu bien certaine ? Je veux dire, à cent pour cent ? répondit Chloe avec une réelle inquiétude. Je me fais du souci, Annah, vraiment, et Ben aussi. Comment sais-tu que tu peux faire confiance à ce type ?

Annah s'était posé la même question au moins une douzaine de fois.

— Honnêtement, je ne peux pas te dire pourquoi. Mais je le sens.

D'ailleurs, Luca ne lui avait jamais fourni de motif de ne pas lui faire confiance et, la veille, il s'était comporté en parfait gentleman. Son attitude à l'égard Ethan – toute en douceur et en gentillesse – lui avait fait monter les larmes aux yeux.

— Je ne peux pas l'expliquer, mais je le pense incapable de nous faire du mal, à Ethan ou à moi, dit-elle.

Chloe poussa un lourd soupir.

— Très bien, répondit-elle en rangeant le spray dans son sac. Mais si jamais il te touche – et son visage se fit adorablement féroce – il devra en répondre devant moi, devant Ben, et toute la police municipale !

Une demi-heure plus tard, Annah s'engageait dans l'imposante allée de chênes qui menait à Fendalton Hall. Dans l'obscurité elle ne pouvait admirer la vue mais elle se savait entourée de superbes jardins.

Cette vaste demeure élisabéthaine avait été récemment restaurée et transformée en un luxueux hôtel et spa. Elle était fréquentée par une clientèle choisie qui ne se refusait rien et appréciait ce genre de confort.

Plusieurs de ses anciens clients – ceux pour qui le prix ne constituait pas un obstacle – avaient célébré leur mariage dans ce cadre de grand luxe. Impressionné par le travail d'Annah et de Chloe, le directeur de l'hôtel leur avait proposé de s'occuper de la décoration florale de l'ensemble de la propriété. Deux fois par semaine, à tour de rôle, elles fournissaient en fleurs fraîches le hall d'entrée et d'autres espaces, mais c'était la première fois qu'elle y pénétrait en tant que cliente.

En apercevant le grand manoir de pierre grise, elle sentit un frisson d'anticipation la parcourir. Elle gara prudemment sa vieille voiture entre un cabriolet et une luxueuse berline et s'examina dans le miroir du pare-soleil. Comme elle avait manqué de temps pour se coiffer, elle avait attaché ses cheveux en chignon sur la nuque, laissant quelques mèches libres autour du visage. Elle remit une épingle en place, prit son sac sur le siège du passager et se dirigea vers l'entrée du restaurant.

Elle donna le nom de Luca au maître d'hôtel, qui lui prit aussitôt son manteau et la guida vers une table nappée de lin blanc. Les bougies illuminaient l'argenterie et les cristaux des lustres. Le restaurant était bondé, mais cette table située un peu à l'écart préservait l'intimité.

Luca était déjà là et se leva en la voyant. Il portait une chemise à col ouvert et un pantalon sombre qui mettaient sa silhouette en valeur. Il s'avança vers elle et lui déposa un léger baiser sur la joue. Contrairement à la veille, elle s'était préparée au contact de ses lèvres chaudes contre sa peau et au frémissement qui ne manqua pas de la parcourir.

— Tu es charmante, dit-il.

Elle ne put s'empêcher de rougir de plaisir, tout en se rappelant qu'elle devait garder la tête froide. Luca allait évidemment user de son charme pour s'assurer qu'elle se montre coopérative, mais il s'agissait bien d'une négociation : il voulait garder le contact avec leur fils et elle constituait un obstacle entre Ethan et lui.

— Merci, répondit-elle d'une voix faible en s'asseyant sur la chaise que le maître d'hôtel lui avançait.

Les dix premières minutes furent faciles : ils commandèrent des boissons, examinèrent le menu et choisirent une entrée et un plat.

Mais, dès qu'ils se retrouvèrent seuls, l'atmosphère se tendit.

Annah avala une généreuse gorgée de merlot. Elle conduisait, son verre devait donc durer jusqu'à la fin du repas, mais elle espérait qu'un peu d'alcool dans son estomac vide la détendrait.

Luca rompit le silence le premier.

— Merci de m'avoir permis de vous accompagner hier, Ethan et toi. Je comprends que la situation n'est pas facile pour toi mais, si ça peut te consoler, pour moi non plus.

Elle reposa son verre.

— En surgissant comme ça, à l'improviste, tu ne m'as pas donné le choix.

Le regard de Luca se fit plus perçant.

— Tu aurais préféré recevoir une lettre de mes avocats ?

Immédiatement, elle se raidit. Ses avocats ? Était-ce une menace, l'avertissement qu'il n'avait pas encore sorti la grosse artillerie mais qu'il le ferait si nécessaire ?

— Tu aurais fait intervenir tes avocats avant même de savoir si Ethan était bien de toi ?

— Si j'avais eu le moindre doute, je leur aurais demandé de faire officiellement effectuer un test de paternité.

— Donc, ça ne te semble pas nécessaire ? Pour être sûr à cent pour cent ?

— Tu veux dire que la paternité d'Ethan n'est pas évidente ? Dans ce cas, nous pouvons faire le test.

Elle se cala dans son siège. Un test de paternité aurait renforcé Luca dans ses droits.

— Non, répondit-elle en prenant son verre. Ce n'est pas nécessaire.

Le serveur vint leur apporter des amuse-bouches de tartare de thon, ce qui détendit un peu l'atmosphère.

— Qui garde Ethan ce soir ? demanda Luca quand ils furent de nouveau seuls.

— Chloe, mon associée et amie, répondit-elle d'une voix tranquille – mieux valait que la conversation continue sur le mode amical. Elle connaît Ethan depuis qu'il est né, pour lui elle est une sorte de tante.

Elle repensa au spray que Chloe lui avait proposé et, même si elle ne croyait pas que Luca puisse constituer une menace physique, elle ajouta :

— Son compagnon est dans la police municipale.

Sans la quitter des yeux, il avala une gorgée de vin.

— Chloe est l'amie avec qui tu projetais de monter une affaire ?

Le cœur d'Annah bondit comme la veille quand il lui avait rappelé la nuit qu'ils avaient passée ensemble.

— Je n'arrive pas à croire que tu te rappelles ce dont nous avons parlé ce soir-là à Londres !

Il reposa son verre, le regard toujours fixé sur le sien.

— Je me souviens de beaucoup de choses qui se sont passées cette nuit-là, Annah.

Son ton évocateur provoqua une réaction si vive au creux de son ventre qu'elle baissa aussitôt les yeux de peur qu'il n'y découvre la vérité : il l'attirait toujours autant.

Maintenant qu'elle se retrouvait assise en face de lui, elle ne comprenait pas comment elle avait pu se convaincre qu'il l'avait cyniquement séduite cette nuit-là. Et qu'elle, en toute innocence virginale, n'avait pas eu la moindre chance de résister à son physique avantageux, à sa sensualité débordante et à son charme irrésistible.

La bonne excuse.

Elle avait beau à l'époque n'avoir aucune expérience, à vingt-deux ans elle savait déjà très bien dire non aux hommes. Les fiascos amoureux de sa mère lui avaient appris à se méfier du sexe opposé et jamais elle n'avait cédé aux avances, ni sexuelles ni romantiques. Elle ne comprenait d'ailleurs pas pourquoi elle attirait l'attention sans pourtant envoyer aucun signal, mais certains hommes trouvaient clairement irrésistible l'alliance cheveux blonds, yeux bleus et poitrine pleine.

La vérité, c'était qu'elle n'avait tout simplement pas voulu dire non à Luca, à cause de l'alchimie toute puissante qui les unissait et qui décuplait l'effet de son charme naturel. Confrontée à un choix difficile – partir ou prendre ce qu'il lui offrait –, elle avait soudain oublié tout bon sens, toute prudence.

— Annah ?

Elle revint au présent.

— Pardon ?

— Tu ne m'as pas répondu, dit-il avec une lueur étrange dans les yeux, comme s'il devinait ses pensées. Au sujet de Chloe.

— Nous avons suivi la même formation et assez vite évoqué l'idée d'ouvrir une boutique ensemble.

— Vous ne vouliez ni l'une ni l'autre rester à Londres ?

— La vie est trop chère. Là-bas, jamais nous n'aurions pu nous en sortir. Chloe a grandi ici, et sa famille y vit encore. Le lieu idéal, en quelque sorte.

Et puis, en quittant Londres, elle avait mis de la distance entre Franco Cavallari et elle. Elle ne savait pas s'il y vivait en permanence, mais le seul fait qu'il ait des bureaux là-bas la rendait nerveuse.

Leur serveur déposa leurs entrées devant eux. Annah avait choisi du crabe, élégamment présenté et divinement parfumé, qui lui ouvrit l'appétit. Jamais elle n'aurait pu s'offrir un dîner dans ce restaurant étoilé et c'eût été un péché de ne pas au moins essayer de l'apprécier.

Elle piqua un morceau de crabe du bout de sa fourchette, le mit dans sa bouche et ferma les yeux.

L'expression de plaisir qui se peignit sur le visage d'Annah tandis qu'elle dégustait sa bouchée de crabe eut un effet dévastateur sur Luca. Tout en se concentrant sur sa propre entrée plutôt que sur la bouche de son invitée, il tenta de chasser de son esprit le souvenir du seul autre repas qu'ils avaient partagé – un dîner apporté par le room service alors qu'ils étaient nus sous leurs peignoirs. Ils y avaient d'ailleurs à peine touché tant ils étaient tenaillés par une autre faim, qui les poussait vers le lit.

— Ce n'est pas trop difficile d'avoir une affaire dans un village aussi reculé ? demanda-t-il avec un effort désespéré pour refouler ces images trop excitantes.

— Pas si reculé que ça. Exeter est à une demi-heure en voiture et c'est une région où les gens aiment célébrer leurs mariages qui, en fait, constituent l'essentiel de notre activité. Nous avons des contrats avec de nombreux hôtels et lieux de réception de la région – dont Fendalton Hall. Nous participons à au moins deux mariages par an ici.

Son regard dévia vers la main gauche de Luca, posée sur la table. Il refréna le sourire qui lui montait aux lèvres à l'idée qu'elle se demandait s'il était marié.

— Libre comme l'air, dit-il sur un ton serein. Et toi ? Tu as un petit ami ?

— Non, je suis trop occupée, répondit-elle en rougissant. Et puis, les hommes hésitent toujours à sortir avec une mère seule qui travaille.

Cette information ne déplut pas à Luca. Il n'avait aucune envie qu'un autre homme interfère entre Ethan et lui.

Mais sa petite voix intérieure lui susurra qu'il ne s'agissait pas seulement d'Ethan, mais aussi d'Annah. Il lui avait pris sa virginité et elle était la mère de son fils. Un instinct primitif et profondément enraciné – qui remontait sans doute aux cavernes – le poussait à imprimer sa marque sur elle et à refuser à tout autre homme le droit de le faire.

Fronçant les sourcils, elle joua avec le pied de son verre.

— Comment as-tu découvert que ton père possédait des photos d'Ethan et moi ?

— J'ai demandé qu'on range son appartement de Rome.

— Ce sont des photos prises par un enquêteur.

— Ça m'en a tout l'air.

— Je ne comprends pas. Comment a-t-il appris l'existence d'Ethan ? Bien sûr, il était au courant de ma grossesse, mais comment a-t-il su que je n'avais pas avorté ? À moins que…

Dans son regard, l'incertitude céda à la consternation, puis à l'horreur. Elle venait d'aboutir à la même conclusion que lui. Franco l'avait fait surveiller dès qu'elle avait quitté son bureau, elle avait été épiée dès le début de sa grossesse, et cela avait duré cinq ans ou presque.

Il se pencha au-dessus de la table et posa la main sur la sienne. Elle tressaillit mais ne la retira pas. Avait-il senti ce courant quasi électrique, lui aussi ?

— Inutile, *cara*, dit-il tout bas.

— Qu'est-ce qui est inutile ? demanda-t-elle en fixant leurs mains.

— D'élaborer un million de scénarios et de te demander lequel est le bon. La réponse est morte avec mon père et, comme je te l'ai dit hier, tu n'as plus rien à craindre. Ethan et toi, vous êtes en sécurité. Je t'en donne ma parole.

Elle retira la main et, l'esprit visiblement ailleurs, joua quelques instants avec la nourriture dans son assiette.

Il reposa ses couverts et leva son verre.

— Parle-moi d'Ethan.

— Que veux-tu savoir ?

— Tout. Quel est son plat préféré ?

— J'aimerais pouvoir te répondre les petits pois ou les brocolis, malheureusement ce sont les glaces.

Il rit et elle l'imita, plus détendue. Puis, elle lui parla de leur fils – de ses activités à la maternelle, de son amour des animaux, de ses petits travers et de ses habitudes. Quand ils eurent terminé leurs plats, il lui posa une question plus sérieuse.

— Est-ce qu'il t'a déjà interrogée sur son père ?

— Oui, depuis quelques mois il a remarqué que la plupart des autres enfants ont un père et pas lui.

— Que lui as-tu dit ?

— Que parfois les papas et les mamans ne vivent pas ensemble. Et que certains enfants sont élevés par un seul parent.

— Ça lui a suffi ?

— Pas vraiment répondit-elle avec un sourire amer.

Il voulait savoir où vivait son père et s'il pouvait aller le voir. Je lui ai dit que tu vivais de l'autre côté d'un grand océan et que c'était trop loin.

Le serveur vint débarrasser leurs assiettes et leur proposer la carte des desserts. Puis Luca se pencha vers elle.

— Annah, je veux participer à l'éducation de mon fils.

Durant l'heure qui venait de s'écouler, Annah s'était peu à peu détendue au point de rire de temps à autre, mais ce moment ne pouvait manquer d'arriver, elle le savait.

— Tu veux un droit de visite ?

— Non, une garde partagée.

Elle ne fut pas surprise, mais son cœur battit plus vite.

— Je ne vois pas comment ça pourrait fonctionner, dit-elle en s'efforçant au calme. Nous vivons dans deux pays différents.

— La Sicile n'est qu'à trois heures d'avion.

— Plus le trajet jusqu'à Londres, deux heures, et les diverses formalités. C'est un long voyage pour un enfant – et je suppose que tu voudrais qu'il le fasse de façon régulière ?

Le visage de Luca demeura impassible.

— Il partira d'Exeter dans mon jet privé. Comme tu viens de me le dire, Exeter n'est qu'à une demi-heure d'ici.

Évidemment, il avait déjà organisé toute la logistique, et il possédait un jet privé.

— Cette année, il va commencer à aller à l'école. Va-t-il devoir changer d'emploi du temps pour te faire plaisir ? Les enfants ont besoin de stabilité.

— Il pourra venir chez moi pour les vacances, répondit Luca d'une voix calme mais déterminée. Si tu t'inquiètes pour ses apprentissages, je lui ferai donner des cours particuliers en Sicile.

Annah sentit son estomac se nouer. Quelle folie de s'être crue prête à cette discussion ! Cent questions et cent objections se bousculaient dans sa tête.

— En Sicile, sera-t-il au moins en sécurité ?

— Avec moi, Ethan sera toujours en sécurité, je te l'ai déjà dit.

— C'est pour ça que tu voyages avec un garde du corps ?

— Mario est mon chauffeur.

— Et chez toi ? En Sicile ? C'est toujours ton chauffeur ?

Il expira lentement.

— Annah, je sais que ce qu'on t'a dit de mon père t'a fait peur. Mais il est décédé, et maintenant c'est moi qui suis aux commandes. La situation est bien meilleure.

Sa voix était calme et rassurante, mais elle ne voulait pas être rassurée. Elle voulait en finir avec tout ça, que Luca disparaisse comme il était apparu. Elle voulait garder son joli petit garçon pour elle.

Une boule lui noua la gorge. Elle ne pouvait pas perdre son enfant. Il était tout pour elle, tout.

— J'ai besoin d'air frais, dit-elle.

Il voulut lui prendre la main au-dessus de la table, mais elle se dégagea, le cœur battant à ce contact, et se leva.

— Où vas-tu ?

— Dehors.

— Il fait froid !

— Ça m'est égal.

En se retournant, elle percuta le serveur qui leur apportait la carte des desserts.

— Excusez-moi, murmura-t-elle avant de se diriger vers une porte-fenêtre qui, elle le savait, menait à une terrasse surplombant les jardins tirés au cordeau et la piscine chauffée.

Là elle s'arrêta et respira à pleins poumons en tentant de ravaler ses larmes stupides, en proie à une bizarre impression de futilité : peu importaient les arguments et contre-arguments qu'elle pourrait développer, Luca avait réponse à tout.

En tout cas, il y avait au moins un point sur lequel il avait raison, il faisait un froid de loup. Elle rentra les épaules en frictionnant ses bras nus et récapitula les options possibles.

Elle pouvait demander l'avis d'un avocat, mais ce ne serait pas donné. Et même s'il la soutenait – ce qui serait sans doute le cas car on ne pouvait pas lui imposer d'envoyer son fils de l'autre côté de l'océan –, Luca engagerait une procédure qui risquerait de durer indéfiniment.

Mais, au-delà de l'aspect légal, avait-elle moralement le droit de refuser à Ethan de passer du temps avec son père ?

Elle frémit en sentant une présence derrière elle ; on posa un manteau sur ses épaules.

— *Cara.*

Luca. Toujours la même voix de velours qui la faisait fondre. Elle avait envie de se boucher les oreilles pour ne plus l'entendre, mais de grandes mains se posèrent sur ses bras et l'attirèrent contre un corps puissamment musclé.

— Ne rends pas les choses plus difficiles qu'elles ne le sont déjà.

Elle aurait aimé s'écarter mais il était trop délicieusement tiède.

— Tu vas trop vite, dit-elle en contemplant les jardins illuminés. J'ai besoin de temps pour comprendre ce qui m'arrive.

— Je suis pressé. Il faut que je rentre en Sicile et je tiens à ce que nous nous mettions d'accord avant mon départ. J'ai essayé de me montrer compréhensif, Annah. Et patient.

— Patient ! répondit-elle avec indignation. Mais ça fait à peine vingt-quatre heures que tu es là !

— Vingt-quatre heures de perdues, répondit-il sèchement. J'ai des obligations et des responsabilités à assumer en Sicile.

— Très bien, fit-elle en se retournant, submergée par une bouffée de colère, le visage à quelques centimètres de celui de Luca. Dommage que ton fils t'ait retenu !

En le voyant serrer les mâchoires, les yeux étincelants d'un dangereux mélange de désir et de rage, elle comprit son erreur. Il grommela entre ses dents, l'attira à lui et posa sa bouche sur la sienne.

Elle se figea une seconde, mais une onde brûlante la

traversa, lui faisant tout oublier sauf ce corps puissant pressé contre le sien et l'incroyable sensation d'être de nouveau embrassée par lui après tant d'années.

C'était plus agréable encore que dans son souvenir. Plus intense. Plus intime. Plus excitant. Elle ne sentait plus l'air froid de la nuit. Avant d'avoir conscience de ce qu'elle faisait, elle fut sur la pointe des pieds, noua les bras autour de son cou, pressant ses seins contre son torse et, malgré elle, entrouvrit les lèvres.

Leurs langues s'unirent, mais des voix montèrent soudain des jardins et quelqu'un rit bruyamment.

Leurs bouches s'écartèrent. Revenant à la raison, elle échappa à l'étreinte de Luca qui se passa la main dans les cheveux en jurant à voix basse, en italien.

Les jambes tremblantes, le corps frémissant, elle s'agrippa à la rambarde de fer forgé. Au bout d'un moment, Luca se rapprocha d'elle.

— Est-ce bien ce que tu veux pour Ethan ? demanda-t-il à voix basse. Deux parents qui se déchirent à son sujet ?

— Non, reconnut-elle d'un ton désolé.

Une longue minute, ils se turent.

— Viens en Sicile, dit-il.

— Pardon ?

— Viens en Sicile avec Ethan pendant les vacances. Une semaine, deux semaines, comme tu voudras. Tu pourras visiter la propriété familiale et constater qu'elle est parfaitement sûre. Et nous aurons le temps de discuter des modalités de la garde. Et puis, tu feras connaissance de ma mère.

Sa mère. L'épouse de Franco Cavallari.

— Elle n'était pas au courant pour toi, ni pour Ethan, précisa-t-il, comme s'il lisait dans ses pensées, et ça l'a démolie d'apprendre ce que mon père avait fait. Elle serait folle de joie de connaître son petit-fils.

Chantage affectif ? Annah serra les lèvres. C'était déloyal.

— Quand ?

— Repartez avec moi demain.

— Je ne peux pas. Chloe et moi devons travailler sur un mariage samedi prochain. Et ni Ethan ni moi n'avons de passeport.

— Je m'en charge. Samedi, tu en as pour combien de temps ?

— Nous pourrions partir d'ici dans l'après-midi.

Elle était au bord de l'étourdissement. Le jet privé. Les passeports qu'il allait leur obtenir. Une semaine en Sicile. Elle aurait encore pu dire non, mais alors ?

Maintenant que Luca était rentré dans leurs vies, à Ethan et à elle, il était clair qu'il n'en sortirait plus. Tôt ou tard, elle allait devoir composer avec lui – ou avec ses avocats.

Elle remplit ses poumons d'air frais, désormais prête à se rendre :

— D'accord.

5.

Le samedi suivant, confortablement assis dans son jet privé, Luca survolait l'Europe, concentré sur l'écran posé sur ses genoux. Ayant quitté Exeter à 14 heures, ils devraient atteindre Palerme dans une heure trente, se dit-il en levant les yeux vers Annah qui sortait de la chambre située à l'arrière de l'appareil.

Elle était en chaussettes et portait un ample pull gris pâle et des leggins noirs qui moulaient ses longues jambes. Elle avait sans doute choisi une tenue confortable sans égard pour l'élégance ni le sex-appeal, néanmoins le corps de Luca frémit à ce spectacle. Bientôt, il fut submergé par le désir qui couvait en lui depuis qu'il s'était laissé aller à l'embrasser sur la terrasse de Fendalton Hall.

— Il dort ? demanda-t-il.

— Oui, répondit-elle en s'installant en face de lui dans le fauteuil de cuir où elle avait passé la première partie du vol, à lire ou à s'occuper d'Ethan assis près d'elle. D'habitude il ne fait pas la sieste, mais il était si excité la nuit dernière à la perspective de ce voyage que j'ai eu du mal à l'endormir.

À en juger par l'ombre bleue sous ses yeux, elle n'avait pas dû dormir beaucoup, elle non plus. La culpabilité le gagna, mais il réussit à la contenir. Il la poussait à aller plus vite qu'elle ne l'aurait souhaité et il comprenait sa réaction, mais il fallait qu'elle admette également la sienne. Il avait perdu les quatre premières années de la vie de son fils et n'avait aucune envie d'attendre encore des semaines ou des mois jusqu'à ce qu'elle lui accorde enfin la possibilité d'exercer son droit parental.

Il savait ce qu'il en coûtait d'être absent alors qu'on aurait dû protéger les êtres dont on avait la responsabilité.

Jamais plus.

Il ferma son ordinateur et le posa à côté de lui. Oui, il avait bien fait de demander à Annah de l'accompagner en Sicile avec Ethan. Cette solution loyale et généreuse leur permettrait en outre de discuter des modalités d'une garde partagée. Une semaine de vacances tous frais payés pour elle, et pour lui la possibilité de mieux connaître Ethan. Gagnant-gagnant.

Sauf qu'ils n'iraient pas très loin si Annah persistait à mettre des barrières entre eux et à se défier de lui.

— Et toi, tu as dormi ? demanda-t-il.

— Je n'ai jamais été une grosse dormeuse.

— Même quand tu étais enfant ?

Au fond, il ne savait rien de son passé ni de sa famille.

Elle se pelotonna sur son siège.

— Non. Mais d'habitude Ethan dort très bien, rien ne peut le réveiller, dit-elle avec une étincelle de curiosité dans les yeux. Je me demande s'il a hérité ça de toi ?

Il se rappela sa petite enfance. À trente ans, il était loin d'être un vieillard, mais cette période d'innocence lui semblait à des années-lumière.

— À son âge, je dormais d'un sommeil de plomb, répondit-il, surpris des souvenirs qui lui revenaient. Ma mère disait que même une éruption de l'Etna n'aurait pas pu me réveiller.

Pour sa mère et lui, cette période avait été plutôt heureuse mais, maintenant qu'ils se retrouvaient seuls, ils n'échangeaient parfois pas même un mot de toute la journée.

— Maintenant, c'est différent, dit-il. Je dors rarement plus de quelques heures d'affilée et, quand je suis à New York jamais plus de quatre ou cinq heures par nuit.

— Qu'est-ce que tu y fais ?

— J'ai d'abord tâté de la Bourse avant de prendre

des parts dans deux start-up technologiques qui ont bien marché. Puis j'ai créé mon propre fonds d'investissement.

— Donc tu diriges deux entreprises ?

— Non.

Il avait bien essayé de le faire, avant de comprendre que c'était impossible. Remettre l'affaire familiale dans le droit chemin et la débarrasser de la corruption constituait en soi un travail à plein temps.

— J'ai récemment engagé un directeur pour me remplacer à New York.

— Durant ces cinq années tu n'es jamais revenu en Sicile ?

— Une seule fois.

— Mais tu n'as pas parlé à ton père ?

— Non.

— Pourquoi es-tu revenu ?

Le cœur de Luca se serra. Il aurait voulu qu'Annah se confie à lui et c'était lui qui lui racontait sa vie.

— Pour l'enterrement de mon frère.

— Je suis désolée, Luca, répondit-elle, visiblement attristée.

— C'était il y a trois ans, dit-il d'un ton détaché, comme si la mort violente et totalement inévitable de son frère était de l'histoire ancienne plutôt qu'une plaie sombre encore ouverte dans son cœur.

Un bref trou d'air fit vaciller le verre d'eau posé à côté de lui sur une table. Les mains d'Annah se crispèrent sur les bras de son fauteuil et sa peau blanchit au niveau des articulations.

— Ce n'est qu'une turbulence, dit-il pour la rassurer.

— Je n'ai pas l'habitude de l'avion, répondit-elle, plus détendue.

Il avait cru qu'elle n'avait pas de passeport parce que le précédent venait d'expirer.

— Tu n'as jamais pris l'avion ?

— Une seule fois, il y a longtemps.

Elle lui sourit timidement. Il se souvint alors de son

sourire éclatant, un sourire capable d'illuminer les recoins les plus sombres de son passé et de son âme.

Il avait espéré le voir resurgir. En vain.

— Des vacances en famille ?

Sa résistance commençait à l'agacer. Les femmes n'aimaient-elles pas généralement parler d'elles ?

— Non, un voyage scolaire.

Elle déplia ses jambes aussi longues que celles d'un mannequin, mais moins maigres, sans le côté pattes d'insecte qui ne l'avait jamais excité.

— Il faut que j'aille voir Ethan, dit-elle.

— Mais tu viens à peine de le quitter !

— Je sais, répondit-elle en détournant le regard, mais la turbulence l'a peut-être réveillé. Lui, c'est son premier vol.

— Détends-toi, je vais y aller.

— Non, répondit-elle en se levant. Je vais… Oh !

Le nouveau trou d'air ne dura que quelques secondes, mais il était plus prononcé que le précédent. Elle trébucha et se raccrocha à Luca, debout à côté d'elle. Pour la stabiliser, il la prit par les hanches, et ses courbes délicates lui donnèrent très envie de ne plus la lâcher. Debout l'un contre l'autre, ils ne bougeaient plus. Elle leva les yeux vers lui. Leurs visages se touchaient presque.

Le cerveau de Luca lui intimait de la lâcher, mais son corps protesta. Ses mains – comme si elles n'appartenaient pas à un homme fier de se contrôler en toutes circonstances et de pouvoir résister à ses instincts primitifs – resserrèrent leur étreinte. Les pupilles d'Annah se dilatèrent et son regard se posa sur la bouche de Luca tandis que son visage s'empourprait d'un désir flagrant.

Il sentit une onde brûlante parcourir son corps, reconnaissance viscérale de l'alchimie qui les unissait. Il eut envie de l'embrasser de nouveau, comme l'autre soir, sans se soucier d'éventuelles complications.

— Signor Cavallari ?

Une voix féminine, pleine de respect et teintée de confusion, s'éleva derrière lui. Le corps d'Annah se tendit, et elle le repoussa des deux mains avant de reculer comme s'il avait été radioactif.

— Oui ? dit-il en se tournant à regret vers l'hôtesse.

— Le pilote s'attend à davantage de turbulences, il suggère que tout le monde attache sa ceinture pour la demi-heure à venir.

— Merci.

— Je vais chercher Ethan, dit Annah.

— Je vais y aller. Toi, assieds-toi et boucle ta ceinture.

— Luca, ne me donne pas d'ordres quand il s'agit d'Ethan. Je suis sa mère.

— Et moi son père, répondit-il avec une pointe d'agacement.

Encore… Dès qu'il était question d'Ethan, elle était sur le pied de guerre et se montrait terriblement possessive.

— Il relève autant de ma responsabilité que de la tienne. Plus vite tu l'auras compris et plus facile ce sera pour nous – y compris pour Ethan.

Le cœur battant, il se dirigea vers la chambre. Comment pouvait-elle en même temps susciter sa colère et un tel désir de l'embrasser ? Aucune réponse rationnelle ne lui vint.

Ce qui l'irrita davantage encore.

Le spectacle de Luca portant Ethan endormi dans ses bras puissants serra le cœur d'Annah. En tant que célibataire, il avait sans doute très peu d'expérience des enfants, elle ne s'attendait pas à ce qu'il soit si à l'aise pour porter son fils. Ni à ce qu'Ethan soit si détendu entre ses bras.

Comme ils s'approchaient, Ethan la regarda en clignant des yeux. Elle crut qu'il allait tendre les bras vers elle, mais il n'en fit rien et les garda noués autour du cou de Luca.

Elle contempla ces deux têtes brunes, ces deux paires d'yeux brun foncé, l'une absolument innocente et confiante, l'autre plus méfiante et rusée. En quelque sorte, ils avaient l'air en phase. Comme un père et son fils.

Elle poussa un lourd soupir. Ces sentiments de jalousie,

de possessivité, relevaient de la folie. Elle était la mère d'Ethan, et rien ne pouvait y changer. Trois jours plus tôt, elle était encore seule, mais Luca empiétait désormais sur son territoire. Cela lui donnait envie d'élever des murailles autour de son fils et elle, et de laisser Luca à l'extérieur.

Elle l'aida à incliner le siège d'Ethan, à l'y installer, et le borda dans une couverture avant de boucler la ceinture par-dessus. Puis elle l'embrassa sur le front et lui caressa les cheveux du bout des doigts. Quelques minutes plus tard, il se rendormit malgré les soubresauts de l'avion quand il traversait un nouveau trou d'air.

Elle s'enfonça dans son siège et feuilleta un magazine sans réussir à se concentrer ni sur les mots ni sur les images, mais tout valait mieux que de devoir aborder des sujets épineux avec Luca. Penserait-il qu'elle était une bonne mère s'il apprenait qu'elle avait à peine parlé à la sienne ces dernières années ? Mais, au fond, il n'était guère en droit de la juger si, à la mort de Franco Cavallari, cela faisait cinq ans qu'il n'avait pas eu de contact avec sa famille. Malgré ses défauts, Rachel Sinclair ne pouvait être comparée à Franco Cavallari : elle n'était pas foncièrement mauvaise, mais égocentrique et incapable de voir au-delà de ses désirs propres. Toujours en demande et incapable de tenir debout sans le soutien d'hommes qui la lâchaient rapidement tant son sentiment d'insécurité était insupportable.

Sa mère serait-elle jamais assez lucide pour changer de comportement ? Elle, de son côté, avait beaucoup appris des erreurs de Rachel. Jamais elle ne serait faible et dépendante, incapable de subvenir à ses besoins et à ceux de son enfant.

De là à raconter qu'elle avait pour père un type de passage avec qui sa mère avait couché à dix-huit ans après une soirée bien arrosée… Non. Elle ne partagerait ce secret mortifiant avec personne. D'autant moins qu'elle avait commis la même erreur, elle qui avait jusque-là considéré sa mère avec un mépris teinté de dégoût. Même si elle avait réussi à préserver sa virginité et sa dignité jusqu'à vingt-deux.

Puis elle avait rencontré Luca, et il avait bien fallu qu'elle descende de son piédestal. Heureusement, quand Rachel avait appris qu'elle était enceinte, elle ne lui avait fait aucun reproche, se contentant de lui rappeler qu'elle n'était pas en mesure de l'aider. Ce que sa fille avait trouvé d'autant plus drôle qu'elle ne vivait plus avec elle depuis ses dix-huit ans et que, même auparavant, elle se débrouillait toute seule depuis longtemps.

Non, sa mère ne l'avait pas beaucoup assistée durant sa grossesse, contrairement à Chloe et sa famille. D'ailleurs, dans les rares occasions où Annah avait eu besoin d'aide pour elle ou pour son fils, elle avait ravalé sa fierté et accepté leur assistance.

Elle reposa le magazine sans en retenir le moindre mot et en prit un autre sur la pile que l'hôtesse lui avait laissée.

Sans Chloe, où en serait-elle ? Elle avait presque espéré que celle-ci la dissuade d'emmener Ethan en Sicile. Elle lui avait rapporté l'essentiel de sa discussion avec Luca, et Chloe, après avoir longuement réfléchi, avait suggéré que peut-être, de cette façon, les autorités et une horde d'avocats ne mettraient pas le nez dans leurs affaires. Elle avait aussi proposé de s'occuper seule de la boutique durant cette semaine.

Sans cesser de tourner les pages, Annah observa Luca derrière ses cils baissés. Penché de nouveau sur son ordinateur, il semblait extrêmement concentré. Avec son jean sombre et sa chemise bleu pâle à col ouvert et aux manches relevées, il était plus que séduisant. Le regard d'Annah descendit jusqu'à ses mocassins avant de remonter vers son visage ombré de barbe. Chez lui, tout exhalait la force et la virilité : ses cuisses, ses bras, son torse.

Elle revint à son magazine et fixa un article sans le voir. Elle avait les mains moites. Elle se souvenait parfaitement de la sensation de son torse contre ses paumes. Elle n'avait pas fait exprès de se raccrocher à lui, mais ensuite elle n'avait plus pu le lâcher. Et lui non plus.

Elle l'avait senti à la pression de ses doigts sur ses hanches et à la lueur qui brillait dans ses yeux. Elle percevait de nouveau sur sa peau l'empreinte brûlante de ses doigts.

Elle aurait voulu qu'il l'embrasse encore, comme il l'avait fait deux jours plus tôt à Fendalton Hall.

Sentant une tiède humidité sourdre entre ses cuisses, elle se tortilla sur sa chaise et essaya de penser à autre chose. Par exemple à ce que Luca lui avait dit de son frère. Son cœur se serra de compassion.

De quoi il était mort ? Lorsqu'elle avait voulu poser la question, l'expression de Luca l'en avait dissuadée. D'ailleurs, comment lui reprocher de garder le silence au sujet de sa famille alors qu'elle refusait de parler de la sienne ?

Ce qui ne laissait plus qu'un sujet à aborder, leur fils, et la discussion risquait d'être difficile. Ravalant un soupir, elle cessa d'observer Luca et plongea le nez dans son magazine. La semaine allait être éprouvante.

Peu avant 17 heures, le jet atterrit à Palerme. Ethan venait de se réveiller en grande forme. Annah, heureuse d'avoir retrouvé la terre ferme, lui enfilait ses chaussures.

— On est arrivés ? demanda-t-il.

— Presque, répondit Luca derrière elle. Il nous reste vingt minutes de voiture à faire.

Ethan poussa un gros soupir.

— C'est long, quand même, pour aller de chez nous à chez toi.

— Oui, mais cette partie du voyage va être plus intéressante. On va traverser des villages de pêcheurs, longer des plages. On verra beaucoup plus de choses que de l'avion.

Le visage du petit garçon s'éclaira.

— On pourra aller à la plage, maman ?

— Pas aujourd'hui, mon chéri, dit-elle en l'aidant à enfiler son sweat-shirt. Il est trop tard.

Ethan regarda son père comme dans l'espoir d'une réponse plus favorable.

— Ta maman a raison, dit Luca, mais nous pourrons y aller demain, si elle est d'accord.

Ethan se tourna vers Annah, les yeux brillants.

— On ira, maman ?

— Oui répondit-elle, ravie de son enthousiasme avant d'ajouter en regardant Luca : merci.

Elle se leva et lui sourit, heureuse qu'il ne l'ait pas contredite devant leur fils.

— De rien.

Il laissa son regard s'attarder sur le visage d'Annah jusqu'à ce qu'elle détourne la tête pour rassembler ses affaires et celles d'Ethan. À leur descente de l'avion, un employé de l'immigration vérifia leurs passeports, puis ils montèrent dans un gros SUV noir aux vitres teintées où un siège-auto attendait Ethan. Mario, qui avait dû voyager dans une autre partie de l'avion car Annah l'avait à peine aperçu durant le vol, prit le volant tandis qu'elle s'installait à l'arrière avec Ethan et Luca.

C'était donc ainsi que vivaient ces gens-là. Un gouffre séparait son monde de celui de Luca. Elle se sentait mal à l'aise. Pour le moment Ethan était encore trop jeune pour percevoir les privilèges liés à la fortune de son père, mais en grandissant ? À quatre ans, il aimait les chiots, les glaces et les promenades dans les bois avec sa maman, mais dans dix ans ce serait différent. Il lui faudrait des voitures de sport, de la technologie haut de gamme et des jolies filles.

Luca allait-il vouloir acheter l'amour de son fils ?

Son cœur s'embrasa de jalousie. Ethan préférerait-il un jour vivre avec son père ? Si elle le laissait faire, elle risquait de le perdre, et si elle l'en empêchait, il lui en voudrait.

— Regarde les bateaux, maman !

Ravalant son appréhension, elle se força à contempler le paysage. Ils traversaient un des petits villages de pêcheurs que Luca avait mentionnés. À gauche, adossées à une falaise de calcaire, des maisons aux façades pastel ; à droite, amarrés à une jetée de pierre, une douzaine de bateaux de bois aux coques de couleurs vives se balançaient doucement sur la mer. Luca avait raison : le décor était aussi charmant que pittoresque.

Quelques minutes plus tard, ils abandonnèrent la route côtière pour s'enfoncer dans des bois de pins avant de s'arrêter devant une lourde grille de fer forgé. De part et d'autre un haut mur de pierre s'étendait à perte de vue. Sur le mur, en lettres métalliques, TENUTÀ CAVALLARI, propriété Cavallari.

Le chauffeur sortit le bras pour taper un code avant de redémarrer une fois la grille ouverte sur une route bordée de champs, de vergers et d'oliviers.

Annah s'efforça de dissimuler sa stupéfaction en découvrant à perte de vue des rangs de vigne parfaitement alignés.

— Vous produisez du vin ?

— Oui. Nous l'exportons essentiellement en Europe, mais aussi aux États-Unis. Notre chef de chais travaille depuis plus de trente ans pour la famille. Nous exportons également notre huile d'olive, dit-il en désignant d'immenses champs d'oliviers, de l'autre côté de la vallée.

Même si elle préférait ne pas trop penser à sa visite aux bureaux de Cavallari Enterprises à Londres, elle fut très surprise.

— J'avais cru comprendre que votre entreprise s'occupait de transport ?

— Oui, et de stockage.

— L'huile d'olive et le vin sont des activités de complément ?

— C'était vrai jusqu'à aujourd'hui. Mais nous cherchons à les développer pour concurrencer les producteurs les plus importants de l'île.

Était-ce sa façon à lui d'apposer sa marque sur l'affaire familiale et de se différencier de son père ?

— Où sont les chais ? demanda-t-elle.

— De l'autre côté de la propriété. Il y a une entrée

particulière pour permettre aux acheteurs d'accéder directement à la cave à certaines périodes de l'année.

— J'imagine qu'ils rêveraient d'organiser des réceptions ou de se marier dans cet environnement superbe, dit-elle sans pouvoir dissimuler son enthousiasme. Ne serait-ce que pour profiter de la vue.

— C'est exactement ce que m'a suggéré le directeur de l'exploitation viticole quand il est venu me présenter son projet de développement.

Elle regarda par la vitre et imagina un mariage romantique au milieu des vignes, avec les collines verdoyantes et les champs d'oliviers en arrière-plan. Même si elle travaillait pour des mariés, elle ne se considérait pas comme romantique. Avec une affaire à gérer et un enfant à élever seule, elle n'en avait pas le temps, mais cela lui faisait plaisir pour ses clients. Même si, au fond de son cœur, une petite voix se demandait combien de temps durerait chaque mariage et si l'amour serait assez fort pour permettre au couple d'affronter les inévitables tempêtes. Sa mère avait enchaîné les liaisons, et Annah l'avait soupçonnée de moins apprécier ses amants successifs que l'illusion de sécurité qu'ils lui apportaient et l'excitation de se sentir désirée.

Cette conception cynique des relations amoureuses horrifiait Chloe, mais cette chanceuse avait des parents qui s'adoraient encore après trente ans de mariage. Et un grand frère marié à sa petite amie du lycée qui attendait son troisième enfant.

C'était facile de croire aux lendemains qui chantaient en ayant grandi au sein d'une famille comme celle-là. Moins avec une mère qui enchaînait les liaisons sans lendemains.

Le SUV entama une nouvelle montée, et Annah aperçut un deuxième mur de pierre, semblable à celui qui bordait la propriété. Une autre grille de fer forgé, plus décorative que la précédente, s'ouvrit à leur approche. En découvrant un homme posté à côté, elle sentit un frisson la traverser. Portait-il vraiment une arme à l'épaule ?

Le SUV s'arrêta et l'homme posa les mains sur le toit du

véhicule avant de baisser la tête pour parler à Mario. Annah sentit son estomac se nouer. Elle n'avait pas rêvé : sous son bras gauche, la crosse d'un revolver dépassait d'un holster.

Luca avait prétendu que la propriété était « parfaitement sûre » mais, dans ce cas, pourquoi la faire surveiller par des hommes armés ?

Une bouffée d'anxiété et de colère mêlées l'envahit. Elle serra les poings et les dissimula prudemment sous ses bras. Elle ne voulait pas qu'on la voie trembler et n'osait pas non plus regarder Luca de crainte qu'Ethan ne lise sa fureur sur son visage.

Le SUV reprit sa route, remontant une longue allée bordée de cyprès pour s'arrêter dans une cour de gravier en face d'une imposante villa.

Annah détacha sa ceinture et celle d'Ethan. Luca cherchait son regard, mais elle l'ignora. Mario ouvrit la portière et elle descendit puis voulut aider Ethan, mais il s'était déjà glissé tout seul hors de son siège. Une main se posa sur sa taille pour la guider vers la maison, et elle se raidit à ce contact, évitant le regard interrogateur de Luca. Elle prit l'enfant par la main, et le contact familier des petits doigts de son fils la rassura un peu.

Devant l'entrée de la villa se tenaient un vieil homme élégamment vêtu et deux femmes en uniformes.

— Annah, voici Victor, notre maître d'hôtel, qui dirige le personnel.

Victor lui adressa un sourire aimable mais cachait-il lui aussi un revolver sous son gilet rayé ?

— Bienvenue, mademoiselle Sinclair.

— Merci, répondit-elle avec un sourire contraint.

Le regard de Victor se posa sur Ethan et il se figea un instant avant de se pencher vers le petit garçon.

— Master Ethan, je suppose ?

— Non, juste Ethan, corrigea l'enfant, ce qui provoqua des regards amusés autour de lui. Même la plus âgée des deux domestiques prit une expression moins sévère.

— Alors juste Ethan, répondit Victor.

Annah prit soudain conscience que tout le monde savait qui était Ethan : il était le fils de leur employeur – un Cavallari quel que soit son nom de famille – et en tant que tel devait être traité avec un certain respect.

Victor lui présenta les deux femmes : la plus âgée, Gabriela, l'intendante, répondit à leur salut en inclinant courtoisement la tête. La plus jeune, Céleste, qui, comme Victor, semblait comprendre l'anglais, sourit nerveusement.

— Celeste s'occupera personnellement de vous durant votre séjour ici, dit Victor à Annah.

Pourquoi quelqu'un devrait-il s'occuper d'elle ? De peur de vexer Céleste, Annah s'abstint de tout commentaire.

— Où est ma mère ? demanda Luca.

— Elle souffre d'une migraine, répondit Victor avec un regard d'excuse pour Annah. La Signora Cavallari m'a demandé de vous transmettre ses regrets mais elle n'est pas en état de vous accueillir. Elle espère vous rencontrer dès qu'elle ira mieux. Je crains qu'elle ne puisse pas dîner avec vous ce soir, ajouta-t-il en regardant Luca dont le visage se crispa.

— Très bien, répondit-il pourtant avant de se tourner vers Annah. Celeste va vous aider à vous installer dans vos chambres, Ethan et toi. À quelle heure a-t-il l'habitude de dîner ?

— De bonne heure.

— Je dois travailler encore deux heures. Dîneras-tu avec moi après qu'Ethan sera couché ?

Une part d'elle-même aurait préféré refuser, prétexter une migraine, comme la mère de Luca. Ou tout simplement lui dire qu'elle n'était pas d'humeur à apprécier sa compagnie. Mais ils n'étaient pas seuls.

— Très bien.

Les traits de Luca se détendirent un instant.

— En attendant, si tu as besoin de quoi que ce soit, ou si tu veux qu'on prépare un repas particulier à Ethan, demande à Celeste et elle se chargera…

Soudain, il fixa un point derrière l'épaule d'Annah, et cria :

— Ethan !

Annah se retourna et vit Ethan s'immobiliser alors qu'il se précipitait vers un énorme doberman, le bras levé pour le caresser. L'animal était tenu en laisse par un garde qui se plaça entre le chien et l'enfant, mais cela ne suffit pas à rassurer Annah. Elle se précipita et souleva Ethan dans ses bras.

— Tout va bien, mon chéri, dit-elle d'une voix tremblante, en l'asseyant à califourchon sur sa hanche de peur qu'il entende les battements désordonnés de son cœur. Mais nous ne voulons pas que tu touches ce chien. C'est un chien de garde qu'on ne doit pas caresser.

Après un regard noir à Luca, elle se tourna vers Celeste.

— Voudriez-vous nous montrer nos chambres, s'il vous plaît ?

La jeune fille jeta un regard inquiet à Luca avant de répondre.

— *Sì.* Bien sûr.

Consciente du regard de Luca dans son dos, aussi pesant qu'une main posée sur elle, Annah suivit Celeste dans la villa. Comment son corps pouvait-il réagir si violemment alors qu'il ne la touchait même pas ? Elle était trop réceptive, trop attentive aux sensations qu'il éveillait en elle, jamais sans cela elle n'aurait baissé la garde et accepté d'emmener Ethan dans cet endroit.

Elle avait commis une erreur, elle la rectifierait à la première occasion.

6.

Luca leva son verre et but en observant Annah qui, du bout de sa fourchette, promenait un morceau d'artichaut d'un côté à l'autre de son assiette. Elle était descendue dîner sans bijoux ni maquillage, vêtue d'un haut et d'un pantalon noirs, ses cheveux blonds relevés en une austère queue-de-cheval.

Cette apparence sévère était-elle censée refléter son humeur ? Quelle que fût son intention, cela ne nuisait en rien à sa beauté. D'ailleurs, si sa mère daignait faire une apparition, elle serait parfaitement en phase avec Annah, elle qui, depuis la mort de son mari, ne portait que du noir.

La veuve éplorée dans toute sa splendeur. Aussi docile et attachée aux conventions que quand son père était en vie… Mais mieux valait chasser cette pensée.

— Si tu ne manges pas, dit-il sur un ton conciliant, au moins dis-moi ce qui ne va pas.

Elle le toisa durement de ses yeux bleus étincelants, et ses pommettes rosirent. Même en colère, elle restait charmante. Le regard de Luca s'attarda sur ses lèvres légèrement gonflées, pour lesquelles il imagina un usage bien plus délectable que manger ou parler.

— Je veux ramener Ethan à la maison, dit-elle abruptement, ce qui mit fin aux rêveries charnelles de Luca. Dès demain.

Il reposa son verre. Il n'était pas très surpris, car dès leur arrivée à la villa l'humeur d'Annah s'était détériorée.

— Il n'en est pas question, répondit-il d'une voix contenue.

Elle reposa bruyamment sa fourchette sur son assiette.

— Alors nous sommes prisonniers dans cette maison, Ethan et moi ? Tu nous as fait venir pour kidnapper ton fils ?

Il se carra dans son siège, les mains posées à plat sur la table.

— Je préfère faire comme si je ne t'avais pas entendue.

— Pourquoi ? Pour éviter de répondre à ma question ? demanda-t-elle en croisant les bras sur sa poitrine.

Il serra les mâchoires.

— Ethan et toi, vous n'êtes pas prisonniers ici. Vous pouvez partir quand bon vous semble. Est-ce vraiment ce que tu désires, Annah ? M'enlever mon fils avant que j'aie une chance de le connaître ?

— Je n'en ai pas l'intention. Je veux la même chose que toi : que tout se passe au mieux pour notre fils. Et n'essaie surtout pas de rejeter la culpabilité sur moi ! fit-elle en serrant les poings. Je suis la mère d'Ethan et je connais son intérêt. Je veux le protéger.

— Tu ne crois pas que c'est également mon plus cher désir ?

Il la fixa droit dans les yeux, mais elle se tut, ce qui accrut encore sa frustration.

— Je t'en prie, Annah, réponds-moi. Il faut que nous trouvions un compromis, mais pour cela tu dois accepter de communiquer.

— Tu m'avais assuré que nous serions en sécurité, ici, répondit-elle, des flammes bleu saphir dans le regard.

Ah ! On y venait.

— Ethan et toi, vous êtes tout autant en sécurité ici qu'ailleurs.

Elle lui jeta un regard teinté d'un mélange de mépris et de scepticisme.

— En sécurité ! Oui, parce que ta maison est protégée par des murs de trois mètres de haut, par des hommes armés et par des chiens d'attaque – dont l'un a bien failli mordre Ethan tout à l'heure.

— Jamais cela n'aurait pu arriver !

— Alors, pourquoi t'es-tu mis à crier ? Tu lui as fait peur, Luca.

Le regret le submergea. Pourquoi s'être laissé aller à cette réaction inutile et disproportionnée ? Les chiens, parfaitement dressés, n'attaquaient que si on leur en donnait l'ordre. Jamais les gardes ne les auraient laissés blesser son fils, il le savait. Pourtant, l'espace d'une seconde, quand Ethan avait levé la main en direction des mâchoires puissantes du doberman, ce n'était pas sa raison qui l'avait fait réagir, mais son instinct protecteur de père.

— Jamais Ethan n'a été en danger, dit-il, c'est ma réaction qui a été excessive.

— Je regrette, répondit-elle, visiblement peu convaincue, mais ce n'est pas l'environnement que je souhaite pour lui.

— La décision ne dépend pas entièrement de toi.

— Pardon ?

— Je suis son père…

— Un père qu'il n'a pas vu durant les quatre premières années de sa vie.

— Ce n'est pas ma faute !

— Ni la mienne, répondit-elle en serrant les poings.

Il se passa la main sur le visage, regrettant terriblement d'avoir un instant perdu son sang-froid.

— Excuse-moi. Je n'aurais pas dû crier.

Elle se leva et se dirigea vers la porte, mais il bondit pour lui en interdire l'accès et, quand elle voulut le contourner, il la prit par les bras pour l'immobiliser.

— Notre fils est à moitié sicilien, dit-il d'une voix calme. À moitié Cavallari. Il appartient à cette terre, au monde où je vis, autant qu'à l'Angleterre et à toi.

Elle détourna la tête. Peut-être comprenait-elle qu'il disait vrai ? Il baissa les yeux et eut soudain terriblement envie de poser ses lèvres sur son cou, à l'endroit, juste au-dessus de l'épaule, où se trouvait le point sensible qui la faisait gémir de plaisir. Malgré lui, il resserra son emprise pour l'attirer à lui. Elle releva la tête et il sentit une flèche de désir entre eux, aussi vive et puissante qu'un arc électrique.

Il avait envie d'elle. Désespérément et avec la même urgence que cinq ans auparavant, à Londres. Mais il avait tout autant besoin d'obtenir sa confiance. Sa coopération même. Qu'elle le veuille ou non, il allait faire valoir ses droits de père, mais mieux valait ne pas s'engager dans un combat acrimonieux pour obtenir la garde de son fils.

Tentant de se maîtriser du mieux qu'il pouvait, il effleura des lèvres la tempe d'Annah. Sa peau lui sembla si douce, si tiède et son parfum floral si capiteux que cela lui fit fermer les yeux.

— Reste cette semaine, comme tu me l'as promis. Je te prouverai que ton inquiétude n'est pas fondée.

— Très bien, répondit-elle dans un souffle en regardant leurs assiettes encore pleines. Désolée pour le dîner, mais je me suis levée très tôt ce matin pour m'occuper du mariage et je suis exténuée. Et puis c'est la première nuit qu'Ethan passe hors de son environnement familier. S'il se réveille et s'aperçoit que je ne suis pas là…

Devant les bonnes raisons qu'elle avait de quitter la table, il enfonça les mains dans ses poches et haussa les épaules.

— Va te reposer. On se voit demain.

Le visage d'Annah exprima un réel soulagement et elle tourna les talons sur-le-champ. Il la regarda partir puis retourna vers la table, mais lui non plus n'avait plus faim. Hélas un autre désir le travaillait encore, auquel il ne connaissait que deux solutions : le satisfaire ou l'oublier. Résigné, il se dirigea vers sa chambre pour prendre une douche froide.

Lâche.

Le mot résonnait dans la tête d'Annah tandis qu'elle se

hâtait vers le deuxième étage et la suite qu'elle partageait avec Ethan.

Deux heures durant, avant ce dîner, elle avait remâché sa colère, et quand elle avait eu la possibilité de l'exprimer, d'extérioriser ses sentiments, elle avait fait preuve de faiblesse.

Le problème, c'était qu'elle ignorait comment gérer une situation conflictuelle. Elle était fille unique et durant son enfance sa mère était très souvent absente. Elle n'avait personne avec qui discuter et quand un problème survenait elle le réglait seule en intériorisant ses émotions. Autonome, dès son plus jeune âge.

Ensuite, avec Chloe, elle avait appris à travailler en équipe mais, ayant la même éthique de travail, elles étaient presque toujours d'accord. Dans le cas contraire, elles ne se mettaient jamais en colère et une discussion civilisée devant un verre de vin suffisait à régler le conflit.

En soupirant elle ouvrit la porte de sa chambre. Superbe, avec ses murs vert d'eau, ses meubles délicatement sculptés et son grand lit immaculé. Le salon ouvrait sur un balcon qui donnait sur un splendide jardin. La chambre d'Ethan était un peu plus petite mais tout aussi luxueuse.

Sa valise posée par terre était ouverte, et Celeste se tourna vers elle, les mains chargées de lingerie.

— Qu'est-ce que vous faites ?

— Je défais votre bagage pour ranger votre linge, répondit la domestique, visiblement désarçonnée. Je croyais que vous seriez absente plus longtemps, j'espérais avoir terminé avant votre retour.

Annah se précipita pour ôter des mains de Celeste sa lingerie plutôt fatiguée, essentiellement des culottes de coton fanées.

— Merci, dit-elle en rougissant d'embarras, mais ce n'est pas nécessaire.

Elle était tout à fait capable de déballer ses affaires et

l'aurait d'ailleurs déjà fait si elle n'avait pas été convaincue qu'Ethan et elle repartiraient dès le lendemain.

Elle fronça les sourcils, Luca n'avait décidément eu aucun mal à la faire changer d'avis. Il lui avait suffi de poser les lèvres sur sa tempe pour qu'elle se transforme en marionnette sans volonté.

Quel dommage qu'il soit si difficile à haïr et qu'il ne ressemble pas à son ignoble père. Et pourquoi trouvait-elle si raisonnable tout ce qu'il proposait ? Si seulement il avait été horrible et répugnant au lieu d'arborer ce physique sexy tellement attirant !

Elle fourra ses vieux slips dans un tiroir, congédia Celeste aussi gentiment que possible, et envoya valdinguer ses chaussures. Puis elle se glissa dans la chambre d'Ethan pour vérifier que tout allait bien.

Il s'était endormi dans la position où elle l'avait laissé et semblait perdu dans cet immense lit. On devinait encore l'empreinte de son corps à côté du sien. Si elle ne s'était pas assoupie, elle aurait eu le temps de se préparer pour le dîner, mais à son réveil il ne lui restait plus que cinq minutes pour se rendre présentable, et elle n'avait d'ailleurs aucune envie de se pomponner pour Luca.

Laissant la porte de communication entre les chambres ouverte, elle enfila un pyjama confortable, se brossa les dents et se glissa entre les draps frais, les yeux fixés au plafond. Elle se sentait épuisée mais tendue, elle allait mettre des heures à trouver le sommeil.

Deux minutes plus tard, elle dormait.

Annah se réveilla en entendant quelqu'un tirer les rideaux et ouvrir les volets. Un flot de lumière l'éblouit, et elle se redressa en clignant des yeux.

— Bonjour.

La voix chaleureuse de Celeste la fit sursauter. La jeune employée était en train d'attacher le rideau turquoise au moyen d'une embrasse de filigrane doré.

— Quelle heure est-il ? demanda Annah.

— 8 heures, répondit Celeste en la regardant d'un air inquiet. C'est bien l'heure à laquelle vous prenez votre petit déjeuner ?

— Oui.

Encore perdue dans les brumes du sommeil, Annah se souvint que Celeste lui avait posé la question la veille. Mais, à ce moment-là, elle s'imaginait être debout et habillée car Ethan se réveillait normalement à 7 heures. Son regard se posa sur la porte communicante.

— Il joue dans le salon, dit Celeste, devinant ses pensées.

— Il faut que je le lave et que je l'habille, répondit Annah en repoussant sa couverture.

— C'est déjà fait, je l'ai à peine aidé.

— Oh ! s'exclama Annah, déroutée.

Jamais personne d'autre qu'elle ne s'était occupé d'Ethan le matin.

— Votre petit déjeuner est servi dans le salon. Je reviendrai dans une demi-heure voir si vous avez besoin de quelque chose. Au fait, le Signor Cavallari vous a laissé un mot sur la table.

Dès que Celeste eut quitté la pièce, Annah bondit enfiler un pull sur son pyjama et fila dans le salon.

— Maman !

Ethan lâcha la planche à dessin magnétique avec laquelle il jouait et se précipita vers elle.

— Salut, mon cœur, dit-elle en le serrant contre elle, respirant son adorable odeur de petit garçon. Qu'est-ce que tu dessines de beau ?

Échappant à son étreinte, il lui tendit la planche.

— Ce ne serait pas un portrait de Mister Pickles ? demanda-t-elle en souriant.

— Il me manque beaucoup.

— À moi aussi. Mais Chloe s'occupe bien de lui, tu sais.

— Oui. On va aller à la plage aujourd'hui ?

— Peut-être, dit-elle en pensant, le cœur en émoi, au mot qu'elle n'avait pas encore lu.

Si Luca lui avait écrit, c'était qu'il avait l'intention de les voir dans la journée.

— Tu as pris ton petit déjeuner ?

Ethan répondit que Celeste lui avait déjà donné un toast et des fruits puis se remit à dessiner. Annah s'assit à la table en face de la porte-fenêtre qui donnait sur le jardin. Des fruits, des yaourts, pâtisseries, toasts, une carafe de jus d'orange, une théière et une cafetière en argent, il y avait de quoi nourrir un régiment. Elle espérait qu'on ne laisserait pas perdre ce qu'ils ne mangeraient pas.

Une petite enveloppe était appuyée à une tasse de porcelaine fleurie. Elle l'ouvrit précipitamment. L'écriture de Luca était haute et nerveuse.

Annah,

Excuse-moi mais une obligation imprévue m'empêche de passer cette journée avec Ethan et toi, comme je l'avais projeté.

J'espère rentrer avant qu'il n'aille se coucher. Pour le moment, peut-être aurez-vous envie de visiter la propriété.

Le personnel est à votre disposition.

Luca

Elle froissa nerveusement la lettre. Luca avait promis à son fils de l'emmener à la plage, et elle allait devoir lui expliquer que c'était impossible. La déception lui nouait l'estomac, Luca avait tout à apprendre sur son rôle de père – ne pas faire de promesses qu'il n'avait pas l'intention de tenir, par exemple.

Elle mordit dans une pâtisserie. Un vrai délice. La nuit précédente elle avait sombré très vite dans le sommeil, mais elle s'était réveillée vers minuit, l'estomac vide et noué par l'anxiété.

Chez elle, elle se serait levée, aurait fait chauffer une tasse de lait et se serait calmée en rédigeant la liste des tâches à effectuer pour le lendemain.

Ici, elle ne savait même pas où était la cuisine. Et qu'aurait-elle à faire puisque Celeste et le reste du personnel ne la laissaient même pas lever le petit doigt ?

Elle finit son gâteau et décida de se doucher et de s'habiller avant d'annoncer la mauvaise nouvelle à Ethan. Elle se jura que la déception qu'elle éprouvait était pour son fils, pas pour elle-même. D'ailleurs, moins elle passerait de temps avec Luca, mieux ce serait. Feindre de ne pas se sentir attirée par lui l'épuisait. Cela lui donnait envie de se rendre, ce qui aurait été aussi fou que dangereux. Coucher avec le père de son fils ne ferait que compliquer encore la situation.

Lorsqu'elle annonça la nouvelle à Ethan, il parut contrarié quelques minutes, mais se remit dès qu'elle lui proposa de partir en exploration. Dès qu'ils furent dehors, son enthousiasme communicatif rendit sa bonne humeur à Annah. La propriété était immense, et parcourue de dizaines de sentiers sinueux. Les jardins paysagers, avec leurs pelouses émeraude et leurs massifs de rosiers étaient magnifiques, mais elle préféra encore les prairies plus sauvages pleines de fleurs et de buissons. Ils passèrent un long moment près d'un étang, à observer un énorme poisson rouge, puis, en revenant à la villa, ils aperçurent une immense piscine entourée de palmiers et de chaises longues engageantes.

Seul point négatif de cette matinée, elle éprouvait une drôle de sensation au niveau de la nuque. Gardes et chiens avaient beau être invisibles, elle savait qu'ils les surveillaient.

Sans surprise, Celeste surgit au moment où ils regagnaient leurs chambres, comme si elle avait observé le moindre de leurs mouvements. Luca avait-il laissé des instructions pour qu'on les surveille ? Elle repoussa cette idée dérangeante pour répondre à l'employée qui demandait ce qu'elle voulait pour le déjeuner.

— Un simple sandwich, s'il vous plaît, dit-elle en repensant au monceau ridicule de nourriture du petit déjeuner.

Une heure plus tard, lavée, restaurée et débarrassée de Celeste, elle s'installa avec Ethan sur le balcon du salon pour lui lire un livre. Elle aurait pu l'emmener se promener dans les jardins ou à la piscine, mais ici elle se sentait plus détendue, personne ne les surveillerait.

En entendant frapper à la porte, elle ne put retenir un petit grognement. Cette Celeste allait la rendre folle.

Elle termina sa phrase, fit descendre Ethan de ses genoux, lui dit d'aller chercher un autre livre dans sa chambre et traversa le salon.

— Vraiment, Celeste, dit-elle en entrouvrant la porte, nous n'avons besoin de…

Elle s'interrompit, car la femme qui se tenait devant elle n'était pas Celeste.

— Oh ! je… Excusez-moi. J'ai cru que c'était Celeste.

Comprenant qui était cette femme, elle aurait voulu que le sol l'engloutisse. Avec sa peau mate, ses cheveux sombres et ses yeux bruns, c'était une réplique de Luca, en femme et en plus âgée. Et aussi d'Ethan.

— Annah ?

— Oui, répondit-elle d'une voix hésitante. Madame Cavallari ?

La femme acquiesça en souriant.

— Mais appelez-moi Eva, s'il vous plaît. J'espère que je ne vous dérange pas.

— Certainement pas. Je suis désolée d'avoir cru que c'était Celeste.

— J'espère qu'elle ne vous pose pas problème ?

— Pas du tout. Elle est parfaite, mais elle est un peu…

— … zélée ?

— Exactement, fit Annah, plus détendue.

— Justement, je venais vérifier que tout se passait bien et vous demander de m'excuser pour mon absence hier. Vous avez dû me trouver terriblement impolie.

— Pas du tout. Mais je suis désolée que vous ayez été souffrante.

— Une simple migraine. Ça va, ça vient…

Annah recula d'un pas et ouvrit plus grand la porte.

— Voulez-vous faire connaissance avec votre petit-fils ?

— Cela me ferait très plaisir, répondit Eva, dont le regard s'était illuminé.

Annah appela Ethan, qui sortit de sa chambre. Eva posa alors sur sa bouche une main tremblante. Elle avait manifestement du mal à retenir ses larmes, et Annah sentit une boule dans sa gorge. Eva Cavallari n'était pas la femme froide et distante qu'elle avait imaginée, au contraire, elle était bouleversée de voir son petit-fils. Pour la première fois depuis son arrivée, Annah se sentit heureuse d'avoir emmené Ethan à Palerme.

Après les présentations, Eva les invita à prendre le thé dans le jardin et demanda à deux employés de descendre un grand coffre de bois dont elle aida Ethan à soulever le couvercle. Il ouvrit de grands yeux car le coffre était plein de jouets anciens, en parfait état.

— Ils appartenaient à mes enfants, dit Eva à Annah avec un sourire mélancolique. Jamais je n'ai consenti à m'en débarrasser.

Ethan, heureux comme à Noël, s'installa sur la pelouse pour jouer tandis que sa mère et sa grand-mère s'asseyaient à l'ombre d'une gloriette.

— Vous devez vous demander quel genre de femme je suis, dit Eva à brûle-pourpoint, pour être restée mariée avec un homme comme le père de Luca.

Annah tenta de dissimuler sa surprise.

— Cela ne me regarde pas, dit-elle, même si, justement, elle s'était posé la question.

Les lèvres d'Eva se mirent à trembler mais elle serra les dents avant de répondre.

— Annah, je suis désolée de ce que vous a fait Franco. Si j'avais su…

Il y avait tant d'angoisse dans sa voix qu'Annah tendit la main au-dessus de la table pour prendre celle de la vieille dame.

— Ce qui est fait est fait, lui dit-elle doucement, comme

elle se l'était souvent répété ces derniers temps. Il faut se concentrer sur l'avenir.

Eva posa son autre main sur celle d'Annah et lui sourit avec reconnaissance.

— J'aimerais que mon fils soit aussi indulgent que vous.

— J'espère qu'il ne vous blâme pas pour ce que son père a fait ?

Eva suivit du regard Ethan qui courait sur la pelouse, un avion en bois à la main.

— Pas pour cela, sans doute. Mais il me reproche depuis des années de ne pas avoir quitté son père quand ils étaient petits en les emmenant, Enzo et lui. Hélas, Franco n'était pas du genre à nous laisser partir, jamais il n'aurait accepté d'être séparé d'eux, fit-elle avec un sourire plein de tristesse. En restant, j'ai cru les protéger mais, à la fin, je les ai perdus tous les deux, d'une façon ou d'une autre.

— Je suis désolée pour Enzo, dit Annah, le cœur débordant de sympathie.

— Luca vous a raconté ? demanda Eva, visiblement surprise.

— Pas en détail. Il m'a seulement dit que son frère était mort il y a trois ans.

Eva acquiesça, et son regard se reposa sur Ethan, comme si elle cherchait là une forme de réconfort.

— Ethan leur ressemble tellement quand ils étaient petits !

Comme s'il avait senti son regard, Ethan se retourna et se précipita vers elles. Le cœur d'Annah se gonfla d'amour. Comment imaginer ce qu'Eva avait dû endurer en perdant son plus jeune fils ?

— Comment je vais t'appeler ? demanda Ethan à sa grand-mère.

Eva se pencha vers lui.

— Tu sais dire « nonna » ?

— Nonna, répéta l'enfant en souriant à sa grand-mère.

Annah sentit l'émotion l'envahir. Sa mère à elle était venue le voir une seule fois, juste après sa naissance, et n'avait pas manifesté beaucoup d'intérêt pour lui. En revanche, Eva avait visiblement très envie d'apprendre à connaître son petit-fils.

Luca avait raison : Ethan était à moitié sicilien, à moitié Cavallari. Luca et Eva étaient sa famille et ils voulaient participer à sa vie. Pourquoi Annah le priverait-elle de leur amour ? Elle non plus, jamais elle n'aurait pu se priver de l'aimer.

Elle n'avait donc pas le choix : il fallait absolument que Luca et elle trouvent un moyen d'être parents tous les deux ensemble.

En traversant le hall dallé de marbre en direction de la salle à manger, Luca se dit que ses trois jours d'absence ne lui avaient sans doute pas gagné les faveurs d'Annah. Son humeur déjà fort sombre ne s'arrangea pas.

Il consulta sa montre et fit la grimace. Il avait téléphoné la veille pour avertir qu'il ne reviendrait pas et demandé à Victor d'annoncer à Annah et à Eva qu'il serait là le lendemain à 19 h 30.

Mais il était 21 heures et la salle à manger était vide. Jurant à mi-voix, il fit demi-tour et aperçut Victor.

— Au salon, dit le majordome avant que Luca ait ouvert la bouche.

— Toutes les deux ?

— Oui. Elles prennent un digestif, je crois.

— Très bien.

Deux malheureuses potentielles à apaiser. Il prit une profonde inspiration. Pourquoi ne se retirerait-il pas dans sa chambre ? Il pourrait attendre le lendemain pour affronter les éléments ? Mais non. Il devait une explication à Annah. Et puis il fallait qu'il la voie dès ce soir, ne fût-ce que pour s'assurer que ses efforts pour gagner sa confiance n'avaient pas été totalement vains.

Quand il pénétra dans le salon, les deux femmes levèrent un regard surpris vers lui. Elles étaient confortablement installées sur un canapé Chesterfield de velours or, face à deux verres à cognac bien remplis. Elles s'arrêtèrent de bavarder pour le regarder. Le visage d'Annah était impassible, et son humeur indéchiffrable.

— Veuillez excuser mon absence au dîner, dit-il platement.

En silence, il se dirigea vers le bar et se servit un whisky avant de se laisser tomber dans un fauteuil.

— Ça va mieux ? demanda-t-il à sa mère.

— Oui, merci, dit-elle en l'observant avec attention. Tu as l'air fatigué.

Il but une gorgée de whisky. Il était fatigué en effet. Épuisé, même. Il venait de passer trente-six heures avec Mario à élaborer un piège pour coincer un employé qui revendait de la marchandise volée dans un entrepôt – exactement le genre d'activité illégale qu'il était bien décidé à éliminer. Sans parler du temps considérable passé à traiter avec les autorités et leur millefeuille bureaucratique.

— Je travaillais, répondit-il sobrement, trop épuisé pour fournir de plus amples explications.

— J'entends bien. Mais es-tu vraiment obligé de travailler si dur ? demanda Eva.

La colère le submergea. Elle savait parfaitement pourquoi il travaillait autant. Parce que son père – l'homme aux côtés de qui elle avait vécu pendant trente ans – avait laissé derrière lui un fichu chaos que lui s'efforçait de maîtriser.

— Tu aurais mieux fait de t'inquiéter pour ma santé il y a vingt ans, mère.

— Luca ! s'écria Annah.

C'était la première fois qu'elle ouvrait la bouche depuis qu'il était entré, et le reproche dans sa voix ne fit qu'accentuer sa mauvaise humeur.

Grave erreur. Il ne fallait pas qu'elle le voie sous son plus mauvais jour. Il termina son whisky, reposa bruyamment son verre sur la table basse et se leva.

— Excuse-moi, je ne suis pas d'une humeur très conviviale, dit-il en quittant la pièce pour se diriger vers l'escalier.

— Luca !

À la voix d'Annah, il se retourna. Elle était dans l'escalier, deux marches derrière lui, et il ne put empêcher son regard de s'attarder sur elle. Vêtue d'un jean blanc et d'un simple haut vert pomme, elle était belle et fraîche – le parfait contrepoint à la laideur qu'il venait de côtoyer durant trente-six heures. Depuis son départ, elle avait dû prendre le soleil. À moins que ses couleurs ne soient dues au cognac.

Il se sentit envahi par une bouffée de désir – menaçante.

— Laisse-moi tranquille. Ce soir, je ne suis pas de bonne compagnie, lança-t-il.

Lui tournant le dos, il gravit quelques marches de plus.

— Luca !

Il y avait de la frustration dans sa voix. Et une blessure. Ravalant sa culpabilité, il continua sa route vers sa chambre. Si elle avait le moindre instinct de survie, elle ne le suivrait pas dans une pièce pourvue d'un lit. Il ouvrit la porte, alluma et se retourna, la forçant à s'immobiliser brusquement en face de lui sur le seuil.

— Ne t'avise pas de me claquer cette porte au nez !

Claque cette porte ! lui susurra sa petite voix intérieure, mais il était trop tard. Le diable s'éveillait déjà en lui. D'un geste courtois, il s'effaça en lui faisant signe d'entrer. Elle fit quelques pas avant de s'arrêter, hésitante.

— Tu as changé d'avis ? demanda-t-il.

Elle lui fit face, les joues rouges mais heureuse de ne plus voir l'énorme lit massif.

— N'y a-t-il pas ici d'endroit où nous pourrions discuter tranquillement ?

— Je ne me sens pas d'humeur à discuter, répondit-il en la dévorant délibérément du regard, pour qu'elle saisisse son désir – manière de l'avertir du risque qu'elle prenait en restant.

Elle ne bougea pas d'un pouce.

— C'est ta dernière chance, *cara*, dit-il d'une voix rauque en désignant la porte. Alors, tu restes ou tu t'en vas ?

7.

Malgré la sensation perturbante au creux de son estomac et l'avertissement qu'elle venait de recevoir, Annah ne bougea pas.

Les yeux de Luca brillaient d'un étrange éclat, mais elle savait qu'elle ne risquait rien, d'autant que son fils dormait au rez-de-chaussée et qu'Eva s'y trouvait aussi. C'était seulement une tactique pour l'effrayer et éviter la discussion qu'il redoutait.

— Comme tu voudras, dit-il en refermant la porte.

Au grand soulagement d'Annah, il traversa la pièce et ouvrit une autre porte. Cette chambre devait avoir, comme la sienne, un salon attenant où ils pourraient s'asseoir et parler. Elle voulait savoir pourquoi il traitait sa mère de cette façon. Elle avait encore beaucoup à apprendre concernant Luca, mais elle ne le pensait pas cruel. De même, il n'aurait pas changé son projet de consacrer sa journée à son fils sans une bonne raison. Ce qui n'excusait cependant ni son absence ni son comportement.

Il ouvrit la porte et elle le suivit avant de s'immobiliser sur le seuil. Ce n'était pas un salon mais le plus grand dressing qu'elle ait jamais vu. Il comportait même un îlot central avec des tiroirs et des casiers remplis de chaussures et de vêtements soigneusement pliés. Sans parler de la multitude de chemises et de superbes costumes suspendus à des cintres.

— Je croyais que tu voulais qu'on parle.

La remarque de Luca ramena l'attention d'Annah sur

lui. Elle écarquilla les yeux en le voyant commencer à déboutonner sa chemise.

— Pourquoi as-tu été aussi blessant avec ta mère ? demanda-t-elle après s'être éclairci la gorge.

Il la regarda, le doigt sur le dernier bouton.

— Je ne suis pas d'humeur à discuter de ma mère avec toi, fit-il avant d'enlever sa chemise et de la jeter dans un panier.

Malgré elle, ses yeux se posèrent sur les épaules puissantes de Luca, sur ses bras musclés et sur son torse doté de pectoraux impressionnants ombrés d'une légère toison brune.

Une vague de désir déferla en elle, et elle s'obligea à lever les yeux. Il la regardait, et elle se sentait très vulnérable, comme s'il pouvait lire sur son visage toute la force de son désir. Il vint vers elle, les yeux fixés sur les siens, et elle sentit une brûlure au creux de son ventre.

Il posa la main sur le mur, tout près de son visage, entre la porte et elle. D'un geste paresseux, il leva l'autre main et enroula une mèche de cheveux d'Annah autour de son index.

— Tu penses parfois à cette nuit-là, à Londres ?

Elle faillit répondre que non, mais il aurait deviné qu'elle mentait.

— Oui, répondit-elle après un silence. Et toi ?

— Plus souvent que tu ne peux l'imaginer.

Elle sentit son cœur tressaillir et prit une grande inspiration soudaine. Elle se mettait en danger. Comme si elle jouait avec le feu en espérant ne pas se brûler.

— Il… Il faut que je m'en aille,

— Tu y tiens tant que ça ? demanda-t-il d'une voix rauque.

Elle appuya la tête en arrière contre le mur. Luca était si près que, si elle l'avait voulu, elle aurait pu lever le menton et poser les lèvres sur sa gorge. Après tant d'années, elle se souvenait encore du goût et de la tiédeur de sa peau. Et de la façon maladroite dont elle avait exploré de la bouche son corps tout entier, le faisant crier et gémir. Elle sentit monter dans sa poitrine un désir si puissant qu'il en était douloureux. Son clitoris se gonfla.

— Non, répondit-elle dans un souffle, je n'y tiens pas tant que ça.

Il l'attira à lui et posa la bouche sur la sienne. Elle sentit sa chair s'enflammer et se pencha pour lui rendre son baiser, lui caressant les épaules et le torse – sensation délicieuse de sa peau douce, de ses muscles puissants.

À en croire l'érection qu'elle percevait contre son ventre, il la désirait tout autant, lui aussi. Cette certitude intensifia la sensation entre ses jambes, et elle laissa échapper un bref gémissement. Comme s'il comprenait, il défit la fermeture de son jean et glissa une main à l'intérieur de sa culotte.

— J'ai tellement rêvé de te toucher de cette façon, dit-il en introduisant les doigts dans les replis de sa chair et en parcourant des lèvres son visage et son cou. Tu te rappelles, *cara*, comme c'était bon d'être ensemble ? Et comme tu as joui dans mes bras ?

— Oui, fit-elle en s'accrochant à ses épaules, en s'arquant sans pudeur contre sa main, pour que la paume de Luca soit en contact avec sa chair la plus tendre.

Quelques instants plus tard, il glissa les doigts en elle, provoquant un orgasme brûlant qui inonda son entrejambe.

Elle laissa échapper un long cri tandis qu'il poussait un grognement de satisfaction. Leurs bouches se reprirent, leur baiser devenant plus chaud et plus éperdu. Il libéra un de ses seins de sa corbeille de dentelle et suça le bout durci.

Elle poussa un gémissement, de nouveau écartelée par le désir. De ses mains avides, elle défit la fermeture du pantalon de Luca, libérant sa glorieuse érection sur laquelle elle referma la main.

— Je te veux en moi, dit-elle hardiment.

Ravi, il se débarrassa de ses chaussures et de ses vêtements. Puis il prit dans un tiroir un préservatif qu'il enfila avant de soulever Annah comme si elle avait été une plume.

Elle noua les bras et les jambes autour de lui tandis

qu'il la pénétrait profondément ; elle sentit tout de suite qu'aucun autre homme ne pourrait jamais lui procurer une sensation aussi merveilleuse.

Il l'embrassa, leurs langues se rivèrent l'une à l'autre et ils jouirent en même temps, tandis que le corps puissant de Luca s'agitait en un long frisson. Elle s'agrippa à lui, les reins parcourus par un frémissement qui en était comme la réplique. Elle se plaqua contre lui jusqu'à ce que se calment les battements de leurs cœurs.

— Mon Dieu…, balbutia Luca en se retirant lentement tandis qu'Annah reposait les pieds par terre.

Il se dirigea vers la salle de bains. Elle ferma les yeux et s'adossa au mur, s'efforçant de reprendre son souffle. Quand elle les rouvrit, elle aperçut son reflet dans le miroir accroché au mur d'en face. Quel choc. Avec son haut relevé, un sein qui jaillissait de son soutien-gorge et le reste du corps complètement nu, de quoi avait-elle l'air ?

Un frisson glacé la parcourut.

Qu'était-elle en train de faire ? Alors que son petit garçon dormait à l'autre bout de la maison !

En hâte, elle se rhabilla.

— Annah ? demanda-t-il.

Elle se raidit, et un mélange de désir et de consternation l'étreignit quand elle le vit, encore nu. Elle s'efforça de ne pas regarder son corps superbe.

— Je ferais mieux d'y aller, souffla-t-elle, et, sans attendre sa réponse, elle ramassa ses chaussures et se précipita dehors, priant pour ne croiser ni Celeste, ni Victor, ni – pire encore – Eva sur le chemin de sa chambre.

Le lendemain matin, Luca établit son emploi du temps pour les prochaines soixante-douze heures. Il avait beaucoup à faire s'il souhaitait un retour en grâce car il n'avait pas tenu la promesse faite à Ethan et, la veille, il s'était comporté de façon épouvantable devant Annah. Une bouffée de culpabilité le submergea en repensant à toutes les fois où il s'était imaginé la retrouver. Maintenant que c'était enfin arrivé, il n'avait rien trouvé de mieux que de la coincer contre le mur de son dressing ! Quel manque de subtilité ! Comment s'étonner qu'elle se soit enfuie ?

Pourtant, miraculeusement, il avait senti émerger en lui une émotion profonde, une fulgurance de lucidité, en contemplant de son balcon au clair de lune la terre dont son fils hériterait un jour. Son fils qui ne portait pas encore le nom de Cavallari et que ses parents envisageaient de s'échanger comme une balle de ping-pong entre l'Angleterre et la Sicile durant les quatorze années à venir.

Inacceptable.

Mais soudain, durant la nuit, la solution lui était apparue, tellement évidente. Pourquoi n'y avait-il pas pensé plus tôt ?

Il fallait qu'ils se marient. Annah et lui. Ce serait parfait. Ils étaient déjà unis par un but commun, protéger leur fils et subvenir à ses besoins. Transformer ce partenariat en une union légale et permanente était logiquement l'étape suivante. Et ce mariage ne serait pas dépourvu de passion, loin de là. Il y avait une brûlante alchimie entre eux, la nuit précédente le prouvait assez. Il n'imaginait pas qu'elle puisse faiblir un jour.

Sa résolution se raffermit encore tandis qu'il s'asseyait à la table de marbre dans la salle à manger ensoleillée réservée au petit déjeuner. L'invitation qu'il avait fait transmettre par Celeste serait-elle acceptée ? Ethan et Annah viendraient-ils le rejoindre ? À son grand soulagement, il les vit enfin apparaître et se leva quand Ethan se précipita vers lui en souriant.

— Bonjour, papa.

Luca sentit son cœur se gonfler – une émotion qu'il avait encore du mal à identifier – en entendant son fils l'appeler « papa » pour la première fois.

— *Ciao, figlio mio* ! dit-il en se baissant pour le prendre dans ses bras d'un geste qui lui parut étrangement naturel.

Annah les observait avec une expression indéchiffrable, et il la détailla d'un œil gourmand. Elle portait un cardigan bleu vif comme ses yeux, un corsaire en jean et de charmantes espadrilles blanches. S'émerveillant de la trouver si sexy dans une tenue aussi simple, il la salua. Elle rosit imperceptiblement.

— Bonjour, répondit-elle avec un bref sourire avant de détourner le regard et de s'asseoir à table.

Sans cesser de regretter son comportement de la veille, Luca installa Ethan sur une chaise à côté de sa mère, mais l'enfant n'y resta que quelques secondes.

— Nonna ! s'écria-t-il en se précipitant vers sa grand-mère qui entrait dans la pièce.

Luca reposa son café.

— J'ai invité ma mère à prendre le petit déjeuner avec nous, dit-il à Annah. J'espère que ça ne te dérange pas.

Comme il l'avait espéré, son expression se radoucit.

— Bien sûr que non. Tu as bien fait.

Ethan prit Eva par la main et la fit asseoir à table, à côté de lui. Luca sentit son cœur se gonfler d'émotion. En son absence la grand-mère et son petit-fils avaient noué des liens. Surpris de la pointe de jalousie que cela provoqua en lui, il avala une gorgée de café. Annah, qui était en train de verser du jus d'orange, en proposa à Eva.

— *Grazie*, ma chérie, répondit celle-ci avant d'interroger Annah et Luca. Quels sont vos projets pour aujourd'hui ?

— J'emmène Annah et Ethan faire un tour.

— Vraiment ? demanda Annah, visiblement surprise.

— Quelle bonne idée !

— Waouh ! s'écria Ethan. Et toi, nonna, tu viens aussi ?

Eva sourit en refusant de la tête, au grand soulagement de Luca.

— Non. J'ai à faire ici, mais à ton retour tu me raconteras ta journée.

Dans la demi-heure qui suivit, Luca, sa tasse à la main, les yeux rivés sur la jeune femme, resta assis à écouter Annah et sa mère discuter jardinage, et Ethan bavarder de tout et de rien.

Durant les cinq années précédentes, il n'avait pas vécu

comme un moine mais la création de sa filiale de New York avait toujours eu la priorité, même s'il ne se privait pas de compagnie quand l'envie lui en venait.

Néanmoins aucune femme n'avait allumé en lui la même flamme qu'Annah. Aucune n'avait laissé la même empreinte dans sa mémoire – au plus profond de son âme, et le fils qu'elle lui avait donné la rendait plus désirable encore. Mais cela allait au-delà de l'envie de la mettre dans son lit. Il voulait lui offrir son nom, sa protection et sa fidélité.

Plus il réfléchissait, plus le mariage lui semblait la seule solution raisonnable. Et la seule désirable. Annah devait venir s'installer en Sicile, et Ethan aussi.

Il ne lui restait plus qu'à la convaincre.

Palerme était une cité vibrante et chaotique, à mille lieues d'Hollyfield, si paisible et tranquille. Annah, qui n'avait pas vécu en ville depuis presque cinq ans et s'était habituée au rythme lent de la campagne, ne se considérait plus comme une citadine, même si elle était fascinée par la capitale de la Sicile.

Sur les instructions de Luca, le chauffeur les déposa en plein centre pour qu'ils puissent faire leur tour à pied.

— L'architecture est très éclectique, dit-elle en s'arrêtant devant une ancienne église de pierre surmontée de trois dômes d'inspiration arabe.

Avec son ombre de barbe et ses cheveux ébouriffés, Luca était beau comme un dieu. Il portait un jean ajusté qui dessinait les muscles de ses cuisses, un polo gris et des lunettes de soleil. Un vrai danger public.

Quatre femmes, comme hypnotisées, avaient trébuché en le suivant des yeux, et une autre était rentrée dans une moto garée sur le trottoir. Mario s'était d'ailleurs précipité pour l'aider mais Luca, qui montrait quelque chose à Ethan, ne s'en était même pas aperçu.

— Palerme a été envahie plus souvent qu'aucune autre ville de la Méditerranée, dit Luca à Annah. Par les Romains, les Arabes, les Normands, les Espagnols, et bien d'autres. Ils sont venus, l'ont conquise et y ont laissé leur marque.

Comme il avait laissé sa marque sur elle la nuit précédente car, quoi qu'elle fasse, elle gardait la sensation merveilleuse de son corps emprisonnant le sien et de son sexe dur et brûlant qui la pénétrait. Il l'emplissait à la perfection, au point que, quand il s'était retiré, elle avait eu l'impression qu'il emportait une partie d'elle-même.

Elle s'éclaircit nerveusement la gorge.

— Fascinant, fit-elle en se forçant à détourner les yeux car ils risquaient de la trahir.

Si Luca avait autant de mal qu'elle à oublier leur entrevue de la veille, il le cachait bien. Toute la matinée, il s'était montré étonnamment détendu et charmant, et avait même invité Eva à les rejoindre au petit déjeuner.

Le cœur d'Annah se mit à battre la chamade. La famille. Jamais Ethan n'avait vécu avec personne d'autre qu'elle. Assise dans la salle à manger ensoleillée, elle s'était laissée aller à imaginer la même table entourée d'enfants heureux et bruyants – les petits frères et sœurs d'Ethan – avant de balayer ce rêve chimérique.

Plus la matinée avançait, plus il faisait chaud, bien plus chaud qu'à Hollyfield. L'enchevêtrement de rues étroites offrait toute une variété de restaurants, de bars et d'adorables boutiques qui vendaient de tout, depuis des objets en cuir jusqu'à des bijoux en passant par des chocolats artisanaux.

Tout n'était pas beau. La vieille ville était pleine de palazzi baroques – des palais centenaires, propriétés d'aristocrates italiens – dont certains paraissaient presque en ruine et complètement négligés, mais la plupart conservaient leur majesté originelle et étaient encore occupés par leurs riches propriétaires.

Ce contraste poignant donnait à Palerme une vibration sensuelle et nerveuse qu'Annah ressentait jusque dans ses veines. Quand ils parvinrent au cœur du marché bruyant, Luca hissa Ethan sur ses épaules et serra fermement la main d'Annah. Elle ne la lui retira pas, mais l'agrippa au contraire, s'autorisant à jouir de ce contact qui fit frémir son corps brûlant.

Certains stands étaient en train de fermer, mais d'autres proposaient leurs marchandises à grands cris, au-dessus de la foule.

Annah regarda Ethan. Et s'il était incommodé par le bruit et les odeurs puissantes de fruits de mer, de viande et d'épices exotiques ? Mais il arborait un large sourire. Le roi du monde sur les épaules de son père. Jamais elle ne l'avait vu aussi heureux, et son cœur se gonfla d'une émotion qu'elle avait du mal à identifier.

Comme ils approchaient d'un stand de fruits et légumes, un petit homme chauve sortit de sous son store et sourit à Luca qui lâcha la main d'Annah pour serrer la sienne. Annah ne comprit pas le dialogue qui s'ensuivit, mais vit briller les yeux de l'homme quand il les posa sur Ethan puis sur elle.

— Voici Guido, dit Luca en lui reprenant la main. Il ne parle pas anglais, mais il est très heureux de vous connaître.

— Oh ! répondit Annah en souriant.

L'homme ôta sa casquette et lui rendit son sourire avant de dire quelque chose à Luca.

Celui-ci laissa échapper un rire caverneux et lui répondit.

— Qu'est-ce qu'il t'a dit ? demanda Annah lorsqu'ils se furent éloignés après l'avoir salué.

— Que tu étais très belle, répondit Luca avec dans l'œil une étincelle amusée.

Le visage d'Annah s'empourpra.

— Et, ajouta-t-il en baissant le ton pour qu'Ethan n'entende pas, que si je ne faisais pas de toi une honnête femme, il pouvait te présenter plusieurs de ses fils, en pleine forme.

Elle rougit de plus belle en riant pour cacher son embarras. Quel dommage de ne pas avoir le courage de demander à Luca ce qu'il avait répondu.

— Vous vous êtes parlé en sicilien ?

— Oui.

— C'est très différent de l'italien ?

— Oui. Ma mère est de Naples, elle parle italien, mais elle ne comprend pas le sicilien.

— Elle ne l'a jamais appris ?

— Elle n'en a jamais eu besoin.

— Mais, toi, tu parles les deux.

— Oui, mon père a tenu à ce qu'Enzo et moi nous parlions couramment les deux langues dès notre plus jeune âge.

La tension dans sa voix quand il mentionna son frère découragea Annah de pousser son interrogatoire plus loin. Surtout ne pas risquer que son humeur s'assombrisse. Mieux valait s'imprégner de l'ambiance vivante et colorée du marché débordant d'activité.

Lorsqu'ils pénétrèrent dans une pittoresque trattoria pour déjeuner, ses pieds criaient grâce. Mais elle avait adoré chaque minute de sa visite de la vieille ville.

Le restaurant était tenu par un vieux couple qui, visiblement ravi de voir Luca, les accueillit avec de grandes effusions. En apprenant que c'étaient les beaux-parents de Mario, Annah prit conscience que celui-ci avait disparu. Il surgit peu après du fond du restaurant accompagné d'une jolie brune et d'une adorable petite fille du même âge qu'Ethan. Liliana, devina Annah avant même que son père ne la lui présente fièrement.

— Et voici ma femme, Mia, dit-il.

Mia était très chaleureuse et son anglais se révéla meilleur que celui de ses parents qui, comme le Guido du marché, ne parlaient couramment que le sicilien. Elle entraîna Luca, Ethan et Annah vers une table située dans une charmante cour, avant de leur servir une granita de citron et une pizza très appétissante.

Quand ils eurent terminé leur repas, Luca prit la main d'Annah par-dessus la table.

— Il faut que je parle à Mario et à son beau-père. Je ne serai pas long. Peux-tu m'attendre un moment ici ?

Pour la énième fois, elle se sermonna. Elle ne devait pas attacher trop d'importance à ses gestes ni chercher dans ses yeux sombres une intimité qu'elle n'y trouverait pas.

— Bien sûr, répondit-elle en souriant.

Quelques minutes plus tard, un inconnu rejoignit Luca, Mario et son beau-père qui s'étaient installés à une table de l'intérieur.

— Ils ont l'air sérieux, dit Annah à Mia qui était venue la rejoindre.

Ethan et Liliana, assis à une table séparée, jouaient avec des coloriages et des crayons en bavardant adorablement.

Mia acquiesça en dégustant sa granita de melon.

— L'homme à côté de Mario, dit-elle, c'est Pietro, le père de mon cousin. Il tient une teinturerie. Il y a six semaines, on a jeté une bombe sur son magasin.

— Des voyous ? demanda Annah.

— Non, des hommes qu'il refusait de payer pour qu'ils le protègent.

Sous le choc, le cœur d'Annah se mit à battre plus vite.

— C'est terrible, dit-elle, le souffle coupé.

— C'est comme ça, répondit Mia en haussant les épaules avant de relever le menton d'un air de défi. Mais les choses commencent à changer. Les gens résistent et veulent reprendre la situation en main. Luca s'est montré extraordinaire. Quand il est revenu, à la mort de son père, les gens ont retenu leur souffle, personne ne savait à quoi s'attendre. Mais c'est un brave. Il a payé la remise en état de la boutique de Pietro et il prend en charge l'équipe de sécurité qui surveille les entreprises locales. Mario donnerait sa vie pour Luca, autant que pour Liliana et moi.

Annah tenta d'assimiler ces informations, et son cœur se serra d'angoisse.

— Et vous n'avez pas peur pour Mario ? demanda-t-elle.

— Non, je ne me fais pas de souci. Le danger existe dans le monde entier, n'est-ce pas ? Il y a partout des fous et des terroristes. Mais il y a également des hommes aussi braves qu'eux, dit-elle en désignant leur table, qui se battent pour rendre le monde meilleur et plus sûr, et j'en suis fière. Je n'ai pas peur. Regardez-les.

Elle lui prit la main et la serra dans la sienne. Le regard d'Annah se posa sur Luca. Même assis, il dégageait une impression de puissance, et son visage aux traits ciselés exprimait l'intelligence et l'autorité.

— Ils sont solides, dit Mia en lui serrant la main plus fort. Puissants. Et ils sont siciliens, leur famille passe avant tout. Avec Luca, votre fils et vous serez toujours en sécurité.

8.

Annah se pencha sur le lit, remonta le drap sous le menton d'Ethan, et l'embrassa tendrement sur le front. Il ne bougea pas : à peine sa tête avait-elle touché l'oreiller qu'il s'était endormi.

Elle le contempla, la main posée sur la poitrine, en proie à un tourbillon d'émotions qui virevoltaient comme des feuilles soulevées par le vent. Le père de son fils était un homme bien, elle ne pouvait le nier. Pas après ce que lui avait dit Mia, pas après l'avoir vu passer la journée avec leur fils. Il était bien décidé à se comporter en père – un père réel, attentif, pas un homme riche prêt à payer pour qu'on s'occupe de son enfant.

Cela emplissait Annah de joie, autant que cela la désolait. Durant quatre ans, Ethan avait été privé de son père, et Luca de leur fils. C'était tellement injuste. Elle aurait presque voulu que Franco Cavallari soit encore vivant pour lui demander pourquoi il avait fait cela.

Elle respira profondément pour se calmer et se glissa hors de la chambre. Elle enfila des sandales à talons et s'essuya les mains sur son pantalon noir. Le premier soir, elle l'avait porté avec un haut noir et s'était attaché les cheveux en un sévère chignon, mais ce soir elle portait une blouse chatoyante de soie turquoise et les cheveux en boucles brillantes sur les épaules. Elle s'immobilisa devant un miroir ancien doré pour étudier son visage. Avait-elle changé ? Elle, elle se sentait différente. Nerveuse et courbatue, mais cela n'avait rien à voir avec une fatigue musculaire.

Ce qu'elle avait vu au cours de la journée l'avait profondément bouleversée. La ville, son histoire, ses habitants. Luca. Son cœur battait encore au souvenir de ce que lui avait dit Mia. À cause de la fierté et du respect dans sa voix quand elle parlait du combat de ces hommes contre la corruption. Son courage, sa confiance totale en Mario pour assurer sa sécurité et celle de Liliana. Sa conviction sans faille que Luca ferait de même pour Annah et Ethan.

Cette conviction, Annah prit soudain conscience qu'elle la partageait. Elle ne s'était pas inquiétée une seule fois de la journée, ni pour Ethan ni pour elle-même. La présence solide et indomptable de Luca, la force tranquille de ses mains quand elles se posaient sur elle, lui avait réchauffé le cœur et communiqué une sensation de réconfort et de sécurité dont elle n'avait jamais encore fait l'expérience, même enfant. Surtout pas enfant.

Au souvenir du baiser passionné qu'ils avaient échangé la veille et de l'ardeur de leur étreinte, elle se passa les doigts sur les lèvres. Soudain elle comprit pourquoi elle se sentait nerveuse et courbatue : son corps éprouvait une sensation de manque. Il brûlait d'être caressé et pénétré par le seul homme qu'elle ait jamais désiré.

Elle s'écarta du miroir. Elle devait se concentrer sur Ethan, sur ce qui valait le mieux pour lui, pas sur elle-même et ses désirs égoïstes.

En arrivant dans l'élégant salon où elle s'était installée la veille en compagnie d'Eva, elle trouva Luca et un verre de cognac qui l'attendait.

— Merci, dit-elle comme il le lui tendait, non sans remarquer la lueur appréciative dans son regard.

Sa transformation ne lui avait pas échappé. Elle remarqua à son tour qu'il s'était rasé et que ses cheveux étaient encore humides de la douche. Vêtu d'un pantalon gris foncé et d'une chemise bleu pâle à col ouvert, il était étonnamment séduisant. Elle se tourna délibérément vers la porte-fenêtre, rejetant la sensation de vide au creux de son ventre.

— La soirée est fraîche, dit-il en suivant son regard. Mais, si tu veux t'asseoir dehors, on peut allumer les appareils de chauffage extérieurs.

Elle acquiesça et se dirigea vers la porte-fenêtre. Avec un peu de chance ces appareils ne chaufferaient pas trop. Un peu d'air frais calmerait sa libido. Elle s'installa sur les coussins d'un confortable fauteuil d'osier tandis que Luca prenait place à côté d'elle.

— Ethan n'a pas fait de difficulté pour se coucher ? demanda-t-il.

— Non. Il a sombré immédiatement.

Après le déjeuner, Ethan avait enfin réalisé son vœu d'aller à la plage. Le chauffeur de Luca les avait conduits à Mondello, petite station balnéaire proche de la ville, où une immense plage de sable blanc bordait une eau parfaitement claire.

— En été, c'est bondé et beaucoup moins agréable, avait dit Luca. Mais il faudra attendre un mois avant que l'eau soit assez chaude pour se baigner.

Ethan se serait bien trempé si elle l'avait laissé faire, mais il avait accepté de rester à patauger sur le bord et à jouer dans le sable. Plus tard, à la villa, comme Luca était de nouveau accaparé par son travail, Eva les avait rejoints pour un dîner léger et avait écouté Ethan lui faire le récit détaillé de ses activités.

— Merci pour cette journée, dit Annah à Luca. Ethan était ravi.

Ils restèrent un long moment, les yeux rivés l'un à l'autre et soudain, sans aucune raison, elle sentit des larmes perler à ses paupières. Surprise, elle se réfugia à l'autre bout de la terrasse, qui restait dans l'ombre.

— Annah !

La voix de Luca la bouleversa une fois de plus. Par-derrière, il la prit par les bras pour l'attirer à lui, ce qui lui rappela leur soirée à Fendalton Hall, quand elle avait quitté la table et qu'il l'avait suivie et embrassée. À ce moment-là, elle l'avait désiré, et elle le désirait encore, plus que jamais.

— *Cara*, dit-il en lui caressant doucement les bras. Qu'y a-t-il ?

Furieuse contre elle-même, elle ravala ses larmes. Pourquoi était-elle si émotive ? Elle prenait de profondes inspirations, inhalant les parfums apaisants de romarin et de jasmin venus des jardins mêlés à l'eau de toilette épicée de Luca.

— Désolée, mais je… C'est tellement injuste, qu'Ethan et toi ayez passé quatre ans loin l'un de l'autre, sans vous connaître, dit-elle en se tournant vers lui. Comment ton père a-t-il pu vous faire une chose pareille ? Luca, il m'a proposé de me faire avorter pour se débarrasser de son petit-fils !

Son horrible conversation avec Franco Cavallari était aussi présente à son esprit, et aussi déstabilisante, que si elle avait eu lieu la veille.

— Pourquoi ? demanda-t-elle en cherchant le regard de Luca, qui s'assombrit soudain.

— Reviens te mettre au chaud, dit-il en la guidant vers un canapé d'osier où ils s'installèrent, tout près l'un de l'autre.

Luca posa le bras sur le dos du sofa, à quelques centimètres de l'épaule d'Annah.

— J'avais seize ans quand j'ai découvert de quoi mon père était capable, dit-il d'une voix rauque mais contrôlée. Le pire moment de ma vie. J'ai compris que tout ce que je savais de lui n'était que mensonges, et je n'ai pas pu l'accepter. Je n'arrivais pas à croire que l'homme qui était mon idole n'existait que dans ma tête. J'étais assez naïf alors, et assez arrogant, pour m'imaginer que je réussirais à le changer, à faire de lui l'homme que je voulais qu'il soit. Je suis parti étudier aux États-Unis et, quand je suis revenu pour travailler dans l'affaire familiale, j'ai cru pouvoir le convaincre de cesser ses activités illégales.

Elle attendit, le cœur battant. Cette histoire finissait mal, elle le savait déjà.

— J'ai vraiment pensé que j'y arriverais, dit-il avec un petit rire amer, mais Franco m'a joué la comédie. Il m'a envoyé à Londres acheter et diriger une entreprise de transport en me laissant croire qu'il tournait la page, qu'il allait s'amender. Mais la drogue, le blanchiment... Jamais il n'a eu l'intention d'y renoncer.

Il prit entre deux doigts une boucle sur la nuque d'Annah.

— Finalement, quelques jours avant notre rencontre, je me suis confronté à lui, et quand je l'ai menacé de partir il est devenu livide et m'a dit de ne plus jamais revenir, dit-il en jouant distraitement avec la mèche de cheveux. Jamais plus nous ne nous sommes parlé.

Elle repensa à cette nuit, à Londres. Au-delà de son charme de surface, elle avait décelé chez Luca quelque chose de plus sombre. Rien d'étonnant.

— Peut-être, en se débarrassant de toi, mon père a-t-il voulu se venger, dit-il en lui jetant un regard désolé. Jamais tu n'aurais dû le rencontrer. Si seulement j'avais envisagé les conséquences et t'avais donné mon numéro de téléphone...

Elle lui posa un doigt sur la bouche.

— Tais-toi, dit-elle, le cœur gonflé du trop-plein d'émotions qu'elle avait éprouvées depuis le matin.

Soudain les larmes roulèrent malgré elle sur ses joues. Les bras de Luca se refermèrent sur elle, et elle ne put plus résister : elle posa la tête sur son épaule et se laissa envelopper par la tiédeur et l'odeur de son corps, acceptant le réconfort qu'il lui procurait.

— Désolée, dit-elle d'une voix étouffée contre son T-shirt baigné de larmes. Je ne sais pas pourquoi je suis si émotive.

Il lui prit le visage entre ses mains et essuya du doigt ses joues humides. Avec une tendresse surprenante il embrassa son front avant de la prendre doucement par les épaules pour s'écarter d'elle.

— Non, fit-elle en s'accrochant à son T-shirt, les yeux rivés à sa bouche.

— Annah…, murmura-t-il d'une voix rauque.

Elle chercha son regard, sombre et tendre mais brûlant de désir. Enhardie, elle laissa sa main s'attarder sur son pantalon, trouva son sexe raidi et entendit sa respiration s'accélérer.

— Tu as envie de moi.

— Tu es bouleversée et vulnérable. Je ne veux pas en profiter…

Elle étouffa ses protestations en posant la bouche sur la sienne. Il resta immobile de longues secondes, tandis qu'elle lui envoyait une prière silencieuse : « Rends-moi mon baiser ! »

Finalement, avec un grognement sourd, il l'attira à lui en l'embrassant à son tour. Elle sentit un mélange de soulagement et d'excitation l'envahir, et son cœur se mit à battre follement. La langue de Luca se fraya un chemin entre ses lèvres, qu'elle ouvrit pour lui laisser le passage. Elle sentit le café et le whisky mêlés à un goût plus salé – peut-être dû à ses larmes ? Elle noua les bras autour de son cou et, dévorée de désir, se blottit contre lui.

Quand il s'écarta, elle gémit.

— Tu es sûre ? demanda-t-il en la fixant droit dans les yeux.

— Oui, répondit-elle d'une voix ferme.

Les yeux brillants, il se leva et passa un bras sous ses genoux et l'autre sous son dos pour la soulever. Puis il la ramena à l'intérieur, monta l'escalier et entra dans sa chambre avant de la reposer debout, près du lit. Le contact de son corps contre le sien raviva encore son irrépressible désir.

L'effort pour se maîtriser le faisait trembler. Il ne voulait pas recommencer comme la nuit précédente. Cette fois, il allait contrôler son corps et faire l'amour à Annah lentement, attentivement, avec tout le soin que méritait la mère de son enfant.

Plongeant les doigts dans ses cheveux dorés, il lui

fit lever la tête et l'embrassa profondément, goûtant sa douceur du bout de la langue, retrouvant la forme et la texture de ses lèvres tendres et pulpeuses. Tout son corps frémissait de désir

C'était Annah qui l'avait voulu, qui en avait pris l'initiative, alors même qu'il lui proposait de changer d'avis. Peut-être n'en avait-elle pas pris conscience, mais cette acceptation de l'alchimie qui les liait – sa volonté d'y céder – la mènerait nécessairement à la même conclusion que lui : le mariage, qui leur offrirait une solution logique et pratique, mais aussi très agréable et riche de récompenses et de plaisirs partagés.

Il souleva délicatement sa blouse en chuchotant tout contre ses lèvres :

— Lève les bras, *cara*.

Il lui fit passer son haut par-dessus la tête et le jeta sur un siège. Puis il écarta les bretelles de son soutien-gorge tout en lui effleurant les épaules des lèvres avant de le lui faire prendre la même direction que la blouse.

Il recula d'un pas pour mieux contempler ses seins superbes.

— *Magnifico* ! murmura-t-il.

Le regard d'Annah se fit plus timide. Elle leva les bras pour couvrir sa poitrine mais il lui prit les poignets et écarta ses bras.

— Laisse-moi te regarder, dit-il en posant la main sur un de ses seins dont il savoura la douceur et le poids dans sa paume avant d'en sucer le bout, qui durcit dans sa bouche.

Elle frissonna et laissa échapper un gémissement rauque de plaisir qui mit Luca au comble de l'excitation mais il s'astreint à prendre son temps. Il s'agenouilla pour lui enlever ses chaussures, baissa la fermeture de son pantalon et le lui ôta avec sa culotte, d'un seul geste.

Lorsqu'elle fut nue devant lui, il s'accroupit et laissa son regard courir sur le corps d'Annah, ses longues jambes, la courbe gracieuse de ses hanches et sa toison aux boucles dorées. Puis il contempla ses seins qui se soulevaient et s'abaissaient rapidement, comme si elle était essoufflée et luttait pour remplir ses poumons.

Il la prit par les hanches et lécha sa peau si douce, juste au-dessous du nombril, émerveillé de poser les lèvres à l'endroit où elle avait porté leur enfant.

Comment s'était déroulée la grossesse ? Avait-elle eu des nausées matinales ? Des envies ? Avait-elle souffert pour mettre leur fils au monde ?

Il ignorait tant de choses ! Il avait tant raté !

— Luca ? dit-elle d'une voix tendre mais incertaine.

Il se releva et l'embrassa jusqu'à ce qu'elle tremble entre ses bras, puis il l'allongea jambes pendantes en travers du lit, le cœur battant comme un jeune homme inexpérimenté qui faisait l'amour pour la première fois.

De la folie.

Pourquoi lui faisait-elle tant d'effet ? Il n'avait pas plus la réponse que cinq ans plus tôt, à Londres.

Il s'agenouilla par terre, lui écarta les jambes, les fit passer par-dessus ses épaules et laissa courir ses lèvres à l'intérieur de ses cuisses. Puis il enfonça les doigts dans les boucles dorées de sa toison et caressa son sexe déjà gonflé de désir. Après en avoir longuement humé l'odeur délicate et musquée, il goûta la chair brûlante du bout de la langue.

— Oh !

Elle gémissait, arquant le corps pour relever le bassin sous ses caresses.

Il introduisit un doigt en elle et fut surpris de la trouver si étroite. Et si prête à l'accueillir. De nouveau il s'activa du bout de la langue et…

Elle enfonça les doigts dans ses cheveux et se mit à crier tandis que ses muscles se contractaient spasmodiquement autour de son doigt. Puis son corps se détendit, mais elle continua à laisser échapper de petits gémissements. Le cœur de Luca se gonfla de ravissement. Il se releva, l'étendit sur le lit et l'embrassa sur tout le corps, autour du nombril, sur les seins et enfin sur la bouche.

— Prends-moi, fit-elle contre ses lèvres, ce qui l'amena au bord de l'orgasme.

Il s'écarta, ôta ses vêtements et enfila un préservatif. Seuls les battements précipités de son cœur et le bruit rauque de sa respiration troublaient le silence. Rejoignant Annah sur le lit, il pénétra profondément sa chair veloutée. Leurs corps se joignirent en un même élan, et il poussa un long soupir. Elle noua les jambes autour de ses hanches et s'agrippa à ses épaules, le corps tremblant, arqué contre lui tandis qu'ils chevauchaient ensemble jusqu'à l'orgasme.

Une onde brûlante lui traversa le corps, dardée vers son sexe. Annah, secouée par un long sanglot, s'accrocha à lui tandis qu'ils jouissaient ensemble.

La perfection.

Ce mot le frappa tandis qu'il roulait sur le dos, la serrant contre lui, leurs corps encore frémissants de plaisir.

Ensemble, la perfection.

Comment pourrait-il jamais désirer une autre femme s'il avait Annah ? La mère de son enfant. Et de beaucoup d'autres, s'ils s'engageaient sur cette voie.

Son cœur s'enfla d'une étrange émotion, et il se sentit complètement perdu jusqu'à ce qu'il identifie ce qui l'animait.

La possessivité.

Le désir de protéger.

Quoi de plus normal que ces émotions puisque Annah et Ethan étaient désormais sa famille ? Un homme était contraint, par honneur et par devoir, de protéger les siens. C'était comme cela en Sicile.

D'une main possessive, il caressa la hanche d'Annah. Il lui serait plus facile de les protéger tous les deux lorsqu'ils porteraient son nom. Sa résolution se renforça encore. Les lier à lui était la seule solution acceptable.

Annah allait devenir sa femme. Le plus vite possible.

*
* *

Annah se réveilla brusquement et s'assit dans le lit. Le cœur battant, le souffle court, elle cligna des yeux. Son corps la brûlait à des endroits inhabituels, et elle avait la bouche si sèche que l'air lui écorchait la gorge comme un rasoir.

Où était-elle ?

Ethan.

Elle rejeta les couvertures et heurta un mur de plein fouet. Un mur étrange qui lui parut si chaud qu'elle s'écarta d'un bond.

— Annah !

Une voix d'homme, qu'elle reconnaissait après tant d'années. Une voix qui aurait dû la terrifier, mais qui l'apaisait de son timbre profond et mélodieux.

— Réveille-toi.

Mon Dieu. C'était vraiment lui. Jamais elle n'oublierait cette voix, ni les choses stupéfiantes qu'il lui avait faites. Elle jeta un regard craintif par-dessus son épaule. Pourquoi ne pouvait-elle pas le voir ? Et pourquoi lui disait-il de se réveiller ? Que lui voulait-il ?

Non…

Ethan.

Reprenant son souffle, elle ouvrit la bouche pour crier, mais le mur tiède l'enveloppa soudain, et quelque chose de chaud et de ferme se posa sur sa bouche. Un instant, elle fut submergée par une impression de confort et de sécurité, puis son corps se mit à frémir aux endroits qui lui faisaient un peu mal, comme si ses terminaisons nerveuses étaient stimulées.

Elle se réveilla complètement. Elle était debout au pied du lit, la poitrine serrée contre un torse tiède et musclé. La bouche de Luca était posée sur la sienne et elle l'embrassait elle aussi.

Elle poussa un cri de surprise. La tête baissée, Luca la couvait d'un regard rempli d'inquiétude.

— Tout va bien ? demanda-t-il.

Elle acquiesça, encore toute tremblante.

— On aurait dit que tu allais crier.

Elle acquiesça de nouveau de la tête, trop frissonnante encore pour articuler un mot. Il avait dû l'embrasser pour l'empêcher de crier ou tout le monde aurait accouru et on l'aurait trouvée dans la chambre de Luca. Victor. Celeste. Eva. Cette seule pensée la fit rougir de honte.

Luca écarta une mèche de cheveux qui lui tombait sur le visage.

— Tu es somnambule ?

— En quelque sorte. Mais c'était plutôt une crise d'angoisse à la suite d'un cauchemar. Rien de grave. Ça m'arrivait souvent quand Ethan était bébé.

— C'était dû à quoi ?

— Rien de particulier.

Elle s'écarta, il portait un bas de pyjama qui lui tombait sur les hanches. Plus bas, une bosse sous le tissu de coton. Elle releva vivement la tête.

Il lui sourit de ce demi-sourire si sexy.

— Je viens d'embrasser une femme nue !

Le rappel de sa nudité lui fit immédiatement croiser les bras. Elle aperçut ses vêtements sur une chaise.

— Je vais m'habiller et aller jeter un œil sur Ethan.

— Il dort. Tout va bien, lui répondit-il à sa grande surprise.

— Quelle heure est-il ?

— Seulement minuit, répondit-il en lui ramenant une mèche de cheveux derrière l'oreille. Attends une seconde.

Il disparut dans son vaste dressing et ressortit avec un peignoir en éponge.

— Merci, dit-elle, ridiculement émue par cette petite attention.

Elle noua la ceinture du peignoir et aperçut dans un coin une lampe allumée, à côté d'une table basse et de deux chaises. Un ordinateur, ouvert, était posé sur la table.

— Tu travaillais ?

— Je jetais simplement un coup d'œil à un dossier.

— Je… Je peux m'en aller.

Pour toute réponse, il la prit par la taille et la serra fermement contre lui.

— Pas question, dit-il avec une détermination qui la fit frémir de joie. Parle-moi de ces crises d'angoisse.

— Il n'y a pas grand-chose à en dire.

— Eh bien alors, ça ne prendra pas longtemps, dit-il d'une voix sans appel qui écartait toute possibilité de remettre la conversation. Et après, nous pourrons nous remettre au lit…

Elle soupira. Elle avait horreur de se confier, surtout quand cela la mettait en position de faiblesse. Elle passa un doigt sur la fine toison qui lui ombrait le torse.

— On pourrait se mettre tout de suite au lit.

Il eut un petit rire sexy qui fit se contracter les muscles de son ventre.

— C'était bien essayé, dit-il en écartant la main d'Annah de son torse.

Elle poussa un soupir résigné.

— Je peux au moins avoir un verre d'eau ?

Il la fit asseoir et alla lui en chercher un dans la salle de bains. Puis il s'installa sur l'autre chaise.

— Ton père m'a fait très peur, Luca, dit-elle calmement, convaincue qu'une totale franchise rendrait l'aveu moins douloureux. Ce qu'on prétend est peut-être faux, mais quand je l'ai rencontré j'ai compris qu'il valait mieux ne pas avoir affaire à lui. Après la naissance d'Ethan, j'ai eu peur de ce qui se passerait si ton père… ou toi… découvriez que j'avais mené ma grossesse à son terme.

L'angoisse qu'il lut dans son regard lui déchira le cœur, et il eut un rictus. Qu'elle ait cru qu'il la rejetait, elle et leur enfant à naître, qu'il les abandonnait à la merci de son père, c'était tellement blessant.

— Et ces crises d'angoisse ?

Elle tira le peignoir sur ses genoux.

— Elles ne sont pas fréquentes, mais je suis parfois dévorée par l'anxiété. À certaines périodes, je regardais compulsivement par-dessus mon épaule, craignant que quelqu'un n'essaie de s'emparer d'Ethan.

Le visage de Luca se durcit.

— Jamais tu n'aurais dû endurer ça ! dit-il, la gorge serrée de colère contenue.

Il se pencha pour prendre la main d'Annah et, avant qu'elle ne comprenne, il la souleva de sa chaise et la prit sur ses genoux.

Elle aurait dû protester, mais être blottie contre ce corps musclé et tiède était trop merveilleux. Il glissa sa grande main sous son peignoir et la posa sur sa cuisse, lui faisant battre le cœur.

— Qui t'a aidée pendant ta grossesse, *cara* ?

— Comment cela ?

— Sur qui pouvais-tu compter quand tu étais fatiguée ou malade ?

Il la fixait d'un regard un peu trop intense. Se demandait-il si elle avait eu un petit ami ? Elle haussa les épaules.

— Personne, mais je n'étais pas seule. J'avais Chloe.

Au début, elles avaient partagé l'appartement au-dessus de la boutique, jusqu'à ce que Chloe s'installe chez son Ben.

— Tes parents ne t'ont pas aidée ?

Elle baissa les yeux.

— Annah ?

— Non, répondit-elle finalement. Ma mère et moi, nous ne sommes pas très proches.

— Et ton père ?

— Je ne l'ai jamais connu, dit-elle, gênée.

— Il est mort ?

Elle hocha la tête en signe de dénégation : en vérité, elle ne savait pas si son père était vivant ou mort et n'avait aucun moyen de le savoir. La nuit précédente, Luca avait eu l'air réconforté de lui avoir parlé de son père. Mais elle ?

— Je suis la conséquence d'une aventure d'une nuit, fit-elle sans relever la tête. Ma mère avait bu, elle était jeune et…

Elle faillit ajouter « irresponsable » mais s'en abstint. Après tout, elle avait fait preuve de la même inconscience.

— Ensuite, elle n'a même pas pu se rappeler son nom ni d'où il venait.

Elle chercha une marque de mépris sur le visage de Luca, en vain. Son regard était intense, mais tranquille et encourageant.

— Elle n'avait que dix-neuf ans et, de son propre aveu, n'était pas très maternelle. Pour être franche, je me demande pourquoi elle ne m'a pas fait adopter.

Il lui caressa doucement la cuisse.

— Peut-être t'aimait-elle trop pour le faire ?

Elle le regarda. Quelle étrange idée…

— Si elle m'aimait, elle avait une drôle de façon de me le montrer.

— Pourquoi ?

Elle chercha ses mots, surprise d'avoir envie de s'expliquer.

— En fait, pour elle, j'ai été un boulet plus qu'autre chose. D'abord parce qu'elle était jeune et qu'elle voulait faire la fête. Ensuite parce qu'elle aurait voulu vivre en couple, mais que ses petits amis ne souhaitaient généralement pas endosser la responsabilité de l'enfant d'un autre.

La ride du lion se creusa entre les sourcils de Luca.

— Ses petits amis ? Combien étaient-ils donc ?

— Je ne m'en souviens pas. Certains ne sont pas restés longtemps, d'autres plus.

Elle avait détesté ce défilé ininterrompu. Jamais rien de certain. Toujours guetter le moment où sa mère allait les virer.

— Ses relations ne duraient jamais. Elle… se cramponnait pourtant parfois, mais je crois qu'elle éloignait les hommes, dit-elle la gorge serrée. Parfois, elle disait que c'était ma faute.

La main de Luca se crispa sur sa cuisse.

— Dis-moi que tu ne l'as pas crue.

— Les enfants ont tendance à croire leurs parents,

répondit-elle avec un sourire forcé. Mais maintenant, en tant qu'adulte et mère, je fais la part des choses.

— Tu es une bonne mère, dit-il en lui caressant la joue.

La conviction dans sa voix lui fit battre le cœur plus vite.

— Comment le sais-tu ? demanda-t-elle d'un air de défi.

— Parce que notre fils est choyé et en parfaite santé. Grâce à toi et à personne d'autre.

Elle en ressentit une grande fierté. Pourtant, en ce moment même, ne se comportait-elle pas comme sa mère, en faisant passer ses désirs avant le bien-être de son enfant ?

Elle aurait mieux fait de discuter avec lui de l'organisation de la garde et d'autres sujets concernant l'avenir d'Ethan. Mais ils avaient préféré faire l'amour et se retrouvaient en train de parler d'elle. Comme si son enfance avait la moindre importance !

Il avait dû sentir sa crispation.

— Que se passe-t-il ?

— Il vaudrait mieux qu'on parle de la garde d'Ethan.

Une lueur énigmatique passa dans le regard sombre de Luca.

— Nous avons toute la semaine pour le faire, dit-il en laissant sa main glisser sur la gorge d'Annah, tout près de son sein nu.

Traversée par une onde brûlante, elle tenta de reprendre son souffle.

— Luca, protesta-t-elle sans conviction.

Son regard s'assombrit et il écarta le peignoir. Il passa la main entre ses jambes et glissa les doigts dans sa tiède humidité. Elle poussa un cri, le corps en émoi. L'érection de Luca se durcit contre ses fesses et Annah sentit une exquise douleur s'intensifier au creux de son ventre.

Les yeux clos, elle rejeta la tête en arrière. L'intensité de son désir balayait toute velléité de résistance.

Demain. Demain, ils parleraient enfin.

9.

Luca passa les jours qui suivirent dans un état d'intense satisfaction. Les choses tournaient mieux qu'il ne l'avait espéré. Annah avait passé trois nuits de suite dans son lit, et il lui avait de nouveau prouvé qu'il ne ressemblait en rien à Franco Cavallari : jamais il ne chercherait à obtenir ce qu'il voulait par la force ou en abusant de son pouvoir. Plus il passait de temps avec Ethan et Annah, plus elle en était convaincue : son fils méritait un foyer stable avec deux parents unis dans leur effort pour s'occuper de lui du mieux possible. Lui faire faire la navette entre deux pays nuirait forcément à sa scolarité et le forcerait à choisir entre ses parents pour les vacances ou les grandes occasions, ce qui serait insupportable.

— Quel paysage fantastique !

Annah adressa un sourire radieux à Luca, comme souvent ces derniers jours ; chaque fois il en était bouleversé.

— Tu crois que c'est le bon emplacement ? demanda-t-il, sincèrement intéressé par son avis.

Son maître de chais lui avait proposé d'installer là un restaurant et/ou une boutique.

— Oui, répondit-elle avec enthousiasme. D'ici, on a la vue sur les vergers et les prairies, avec la mer à l'horizon et le soleil en prime.

Elle avait raison. Il lui prit une main qu'il porta à ses lèvres. Il aimait la voir ainsi. Souriante. Spontanée. Sexy dans cette petite robe jaune qui lui découvrait les jambes.

En silence, il remercia les dieux de la météo qui faisait souffler sur la Sicile un vent chaud venu du désert africain.

Ils redescendirent la pente pour s'installer sur une couverture de pique-nique étalée sous un grand chêne.

— J'adore Taormina, dit-elle en s'appuyant sur ses coudes, et Ethan n'a pas fini de parler de sa balade en hélicoptère au-dessus de l'Etna mais, dans ta propriété, c'est cet endroit que je préfère. C'est si beau… si paisible, et puis… Mario n'est pas là, ajouta-t-elle avec un petit regard de côté.

— Mario serait très fâché de t'entendre.

Elle rit et il se sentit fondre, mais il vit une étincelle d'incertitude et de conflit passer dans ses yeux saphir. Il se sentit coupable. Ces derniers jours, il n'avait pas été complètement loyal : dès qu'elle évoquait les choses sérieuses, il s'arrangeait pour faire diversion. Ce qui n'était pas très difficile.

Physiquement, ils étaient merveilleusement réceptifs l'un à l'autre. Leur désir s'enflammait au moindre contact. Devant les autres, et particulièrement devant Ethan, ils prenaient beaucoup de précaution. Annah laissait Luca lui tenir la main, sans jamais aller plus loin. Et, chaque matin, elle quittait sa chambre à 5 h 30 de peur qu'Ethan ne se réveille et ne remarque son absence.

Luca ne s'y opposait pas. Maintenant qu'il connaissait son enfance, il la comprenait mieux. Il avait le cœur gros en l'imaginant à huit ans en train de se préparer son dîner, seule à la maison parce que sa mère était sortie avec son dernier copain. Comment s'étonner qu'elle se montre si farouchement indépendante ?

— Ce soir, nous parlerons, promit-il en lui caressant la joue.

La convaincre d'abandonner un peu de cette indépendance n'allait pas être facile, mais il avait confiance. Surtout maintenant qu'elle avait goûté à la vie qu'ils auraient si elle acceptait de partager sa maison et son lit.

Elle acquiesça d'un air un peu étrange, les yeux fixés

sur Eva qui apprenait à Ethan comment manipuler un petit cerf-volant dans la prairie en contrebas.

— Merci d'avoir invité Eva à se joindre à nous, dit-elle.

Il haussa les épaules. C'était l'idée d'Annah, pas la sienne, mais il était heureux de lui faire plaisir. Elle l'en avait remercié par un sourire éclatant et un baiser qui promettait une récompense plus agréable encore.

— Pourquoi es-tu si remonté contre elle ? demanda-t-elle.

La question le prit de court.

— Qu'est-ce qui te fait croire ça ?

— Elle me l'a dit, répondit Annah après une courte hésitation. Sans parler de la façon dont tu te comportes avec elle.

Il sentit sa bonne humeur disparaître.

— Qu'est-ce que tu veux dire par là ?

— Entre vous, la tension est palpable.

— C'est du passé. Aujourd'hui, ça n'a plus d'importance.

— Mais ça continue à affecter votre relation.

Il serra les mâchoires sans répondre, mais elle lui posa doucement la main sur le bras.

— Moi, je t'ai dit des choses qui n'étaient pas faciles à dire.

— Mais je t'ai déjà parlé de mon père.

Et il s'était senti très soulagé, après cinq années de mutisme et de solitude, de pouvoir enfin parler à quelqu'un.

Il préféra ignorer cette voix, dans sa tête.

— À quoi bon ? dit-il finalement dans un murmure.

— Mais tu es le père d'Ethan et Eva est sa grand-mère. Avec le temps, il vous aimera tous les deux et, s'il sent une tension entre vous, il en souffrira.

Il se passa la main sur le menton. Sa mère avait-elle évoqué leur relation devant Annah ? C'était inévitable. Les deux femmes s'entendaient bien, ce dont il se réjouissait car Annah devait avoir besoin d'une compagnie féminine.

Mais pour lui faire comprendre son point de vue, il allait devoir lui raconter quelque chose d'horrible.

— Luca ? fit-elle, surprise par son long silence.

Il fixa un point éloigné de l'autre côté de la vallée.

— Quand j'ai eu seize ans, mon père m'a emmené à une réunion en me disant que c'était une initiation au monde des affaires. Je suppose que je me suis senti… important, dit-il, encore furieux d'avoir été si naïf, si inconscient de ce qui l'attendait. Je me suis retrouvé non pas au restaurant, comme je l'avais imaginé, mais dans un entrepôt où se trouvaient déjà certains hommes de mon père, ainsi qu'un autre qu'ils avaient battu à mort ou presque.

Elle ne put retenir un petit cri et ses doigts se resserrèrent sur le bras de Luca. Ce contact réconfortant l'ancrait dans le présent, même s'il revivait l'horreur de la scène.

— D'après Franco, cet homme l'avait trahi – nous avait trahis – et nous devions lui donner une leçon pour éviter que d'autres n'en fassent autant. Il m'a mis un marteau dans la main et m'a ordonné de lui casser les doigts.

Elle poussa un nouveau cri tandis qu'il s'efforçait de ravaler la bile qui lui montait aux lèvres.

— Mais tu ne l'as pas fait.

Ce n'était pas une question mais une évidence. Il la regarda et quelque chose en lui se dénoua devant sa conviction qu'il n'avait pas pu commettre un acte aussi atroce.

— Non, répondit-il d'une voix rauque. Je ne l'ai pas fait.

Mais il en avait été malade de colère et cela lui avait fait perdre toutes ses illusions.

— Le lendemain, j'ai demandé à ma mère si elle savait qui était vraiment Franco. Elle m'a répondu qu'elle le savait depuis qu'Enzo et moi étions tout petits.

Son regard se fixa au loin sur la prairie où Eva, à genoux devant son fils, les bras autour de lui, l'aidait à manœuvrer le cerf-volant. Il se souvint soudain qu'elle avait fait la même chose pour lui.

— Elle t'a dit autre chose ?

— Que c'était « compliqué ».

— Cela l'était sans doute, dit doucement Annah.

— Non, c'était tout simple : pendant seize ans, elle

m'avait menti et laissé croire que mon père était un homme honnête. C'était mon idole.

— Peut-être a-t-elle voulu te protéger ? répondit Annah après un silence.

— Cela n'avait rien à voir ni avec Enzo ni avec moi, dit-il en la fixant droit dans les yeux. La vérité, c'est qu'elle l'aimait. C'était son vice, sa faiblesse.

— Tu penses que l'amour est une faiblesse ?

— Je pense qu'il trouble le jugement, qu'il déforme la façon de voir la réalité.

Jamais il n'oublierait cette leçon qu'il avait apprise à la dure. L'amour affectait la capacité de prendre les bonnes décisions, les décisions difficiles.

Il sentit la main d'Annah sur son bras, et la prit pour l'attirer à lui et lui voler un baiser léger.

— Ne parlons plus de tout ça, dit-il en sentant sous ses doigts le pouls de la jeune femme qui battait trop vite. C'est une journée magnifique et une surprise t'attend à la villa.

Elle recula en lui jetant un regard malicieux.

— N'est-ce pas un peu trop tôt pour se mettre au lit ?

Il éclata de rire en s'émerveillant de la facilité avec laquelle elle le faisait changer d'humeur.

— Tu lui as acheté un chiot ? demanda Annah, contrariée.

Mais Luca l'avait-il entendue ? Ethan poussait de tels cris de joie. Il se mit à genoux sur la terrasse et le jeune chiot labrador chocolat posa les pattes sur sa poitrine pour lui lécher le visage. Ce spectacle adorable la rendit pourtant folle.

Heureusement, elle réussit à garder son calme presque une heure durant, tandis qu'ils prenaient le thé. Et, au moment où elle allait craquer et ne plus pouvoir garder le sourire, Eva, qui avait sans doute détecté sa tension, suggéra à Ethan d'aller chercher un endroit où faire dormir le chiot.

Annah la regarda avec reconnaissance et attendit qu'ils aient disparu pour parler.

— Pourquoi as-tu fait ça ?

— Ce chien est un cadeau, répondit Luca, perplexe. Et, si je ne me trompe, notre fils est ravi.

— Pourquoi ne m'en as-tu pas parlé avant ?

— Il aurait fallu que je te demande la permission de faire un cadeau à mon enfant ?

— Oui, dit-elle en se levant et en descendant les marches qui menaient aux jardins.

Immédiatement, elle entendit son pas derrière elle.

— *Cara* !

Elle l'ignora, tout en sachant qu'elle exagérait, et continua jusqu'à l'étang.

— Annah !

Impossible de lui échapper. Il la prit par le poignet, l'obligea à se retourner et l'attira à lui. Sa colère se mêla d'un autre sentiment plus trouble. Luca inclina la tête, et elle fut dépitée de sentir ses yeux se fermer et sa bouche se tendre vers son baiser. D'avoir si envie qu'il la touche alors qu'elle était furieuse contre lui. Mais peut-être exagérait-elle au sujet de ce chiot. L'histoire horrible qu'il lui avait racontée l'avait complètement retournée.

Soudain il s'écarta en jurant à voix basse. Elle ouvrit les yeux, mi-soulagée, mi-déçue. Il lui prit la main et la guida à travers les arbres jusqu'à la piscine, près du jacuzzi où ils avaient folâtré la nuit précédente. Il s'assit au bord et, marche trop rapide ou nerfs en pelote, elle s'aperçut qu'elle avait le souffle court.

Il tira une chaise pour lui faire face.

— Quand nous rentrerons chez nous, ce chiot va manquer à Ethan, dit-elle finalement.

— Et alors ? Il le retrouvera quand il reviendra.

— Je sais que la Sicile va devenir le second foyer d'Ethan, mais c'est seulement que…

Elle baissa le regard sur ses mains.

— Seulement quoi ?

— Il n'y a pas seulement ce chiot, je ne me sens pas de taille à lutter avec tout ça, Luca, dit-elle en tendant la main vers la piscine. C'est magnifique et, tôt ou tard, Ethan va s'en apercevoir, lui aussi. Et s'il préfère vivre ici qu'en Angleterre ? Et si…

Sa gorge se serra mais elle se força à déglutir pour s'éclaircir la voix.

— S'il te préférait un jour à moi ?

Il lui prit la main et la porta à ses lèvres à sa façon, si typiquement italienne.

— Nous ne sommes pas en compétition, *cara*. Nous voulons tous deux le meilleur pour notre fils, n'est-ce pas ?

— Bien sûr.

Il lui serra la main entre les siennes.

— Et si Ethan n'avait pas à choisir entre l'Angleterre et la Sicile ? S'il avait un seul foyer, un foyer stable avec ses deux parents ?

— Tu veux dire… Ici ?

— Oui.

Le cœur d'Annah se mit à battre la chamade.

— Tu suggères que nous vivions ici Ethan et moi… En permanence ?

— Oui, en famille.

— Toi et moi…

— Nous allons nous marier.

Elle tressaillit sous le choc. Parlait-il sérieusement ?

— Oui, répondit-il, et elle prit alors conscience qu'elle avait posé sa question à voix haute.

— Luca…

Elle s'interrompit devant l'énormité de ce qu'il suggérait.

— Dis-moi au moins que tu vas y réfléchir, dit-il en lui caressant doucement la paume, l'empêchant de se concentrer.

— C'est si… radical.

— Radical ? De donner à notre fils un foyer stable et une vie de famille ? dit-il en la fixant droit dans les yeux. Tu préfères le faire naviguer d'un pays à l'autre ?

— Non, mais…

— Dans ce cas, pourquoi ne pas envisager cette solution ?

— Tu me parles d'un mariage de convenance, Luca.

— Disons d'un mariage qui, de mon point de vue, présente beaucoup d'avantages, répondit-il avec un sourire qu'elle ressentit jusqu'au creux du ventre.

Pourtant, elle n'aurait eu aucun mal à passer sa vie dans le lit de Luca. Mais un mariage ne pouvait se fonder sur le sexe, si agréable qu'il fût. Qu'adviendrait-il en cas de difficultés ? Ou s'ils se lassaient l'un de l'autre ? Luca irait-il chercher son plaisir ailleurs ?

À cette pensée, son cœur se serra douloureusement.

Et l'amour, dans tout ça ?

Sur ce sujet, elle connaissait parfaitement l'opinion de Luca. D'ailleurs sa propre mère, dans sa quête désespérée d'un amour romantique, n'avait obtenu que frustration et douleur. Alors, sans doute valait-il mieux ne pas rechercher l'amour avant tout…

À moins qu'elle ne veuille vraiment être aimée par Luca ?

Elle écarta cette idée.

— Je ne tiens pas à quitter l'Angleterre, dit-elle en tentant de se concentrer sur les aspects pratiques. Ni l'affaire que je gère avec Chloe. Mon travail. Qu'est-ce que je ferais ici, Luca ? Passer ma vie à me faire servir ? Ce n'est pas mon genre.

— Nous allons développer notre activité viticole et je vais avoir besoin de quelqu'un pour organiser les événements, répondit-il sans se démonter. Je suis convaincu que tu ferais merveille à ce poste.

— Vraiment ?

— Oui.

Elle sentit son cœur se gonfler d'orgueil. Elle n'était pas naïve – il cherchait à l'amadouer – mais il paraissait avoir vraiment confiance en ses capacités.

Néanmoins, si elle acceptait, ce ne serait pas son seul rôle. Elle deviendrait aussi sa femme.

Sa femme.

Cette pensée lui coupa le souffle, comme quelques jours auparavant, dans l'hélicoptère, quand ils survolaient l'Etna.

— C'est un tel changement ! Il faut… que je réfléchisse.

— Bien sûr. Pourquoi ne restes-tu pas une semaine de plus, ou au moins quelques jours, histoire de réfléchir ? Et de me confier ce qui t'inquiète.

Elle hésita, toute frémissante à l'idée de passer plus de temps avec lui.

— Il faut que j'appelle Chloe, répondit-elle prudemment. Pour savoir si elle peut se passer de moi plus longtemps.

Avec un peu de chance, son amie lui ferait entendre raison.

Luca prit la main d'Annah pour l'aider à descendre du SUV et, quand elle fut tout près de lui sur le trottoir, il lui glissa à l'oreille :

— Tu es superbe, ce soir, *dolcezza*.

Elle rougit joliment.

— Merci, dit-elle en jetant un coup d'œil à sa robe. Hier, pendant que je faisais des courses avec ta mère, elle a flashé sur ce modèle et m'a convaincue de l'essayer.

Il haussa les sourcils. C'était donc sa mère qui lui avait conseillé cette robe bleu nuit, si sexy ? Il contempla le corsage ajusté et la courte jupe qui mettait ses longues jambes en valeur.

Un point pour Eva, concéda-t-il, sans parler du fait qu'elle s'occupait d'Ethan pour la soirée.

Il reprit la main d'Annah pour la guider vers un élégant petit restaurant niché dans un coin calme au cœur de la vieille ville. Une semaine ou presque s'était écoulée depuis qu'il lui avait fait sa demande, près de la piscine, et il avait résisté à l'envie de lui réclamer une réponse. Quoi de plus raisonnable qu'elle exige de réfléchir ? Mais son impatience croissait avec le temps.

Il voulait Annah. Il en avait clairement pris conscience cette semaine. Et pas seulement parce qu'elle était la mère de son fils et que leur union lui garantirait un rôle dans la vie de leur enfant.

Il la voulait comme amante et comme partenaire.

Il venait d'avoir trente ans. Même s'il n'avait pas découvert qu'il avait un fils, il aurait envisagé de se marier prochainement. Pourquoi chercher ailleurs puisqu'il avait trouvé la femme parfaite ?

Un serveur les guida vers une table discrète, éclairée par des bougies, avant de remplir leurs verres à eau. Il sourit à Luca d'un air approbateur lorsque celui-ci commanda une coûteuse bouteille de vin.

Dès qu'ils furent seuls, Luca, ému, contempla Annah. Elle était exquise, jamais il ne cesserait de la désirer. Les yeux rivés à ses lèvres, il se souvint qu'elle s'était agenouillée devant lui, la nuit précédente, pour le prendre hardiment dans sa bouche.

Elle rougit, lisant dans ses pensées.

— Luca, dit-elle dans un souffle, arrête.

— Tu me manques, *cara*.

— Mais nous étions ensemble encore ce matin.

Il lui adressa un demi-sourire au souvenir de son charmant derrière, qu'il avait aperçu lorsqu'elle se rhabillait à 6 heures du matin avant de se glisser hors de sa chambre.

— J'attends avec impatience le jour où nous pourrons cesser de faire semblant comme deux adolescents.

— On dirait que tu es certain que…

— Je me contente d'espérer. Comme je l'ai fait toute la semaine dernière. J'essaie de me montrer patient – malgré ses efforts, ses mots exprimaient la frustration qu'il aurait voulu dissimuler – mais tu connais la réponse qui me rendra heureux.

— C'est une décision si importante…

— Je sais, dit-il en se demandant ce qu'il pouvait faire pour la convaincre. Mais tu as passé une bonne semaine, non ?

— Une semaine merveilleuse.

Il se détendit un peu. Malgré la frustration due à l'indécision d'Annah, la semaine s'était mieux déroulée encore qu'il ne l'avait espéré. Quand elle insistait pour qu'il ne néglige pas son travail, il comprenait qu'elle avait besoin de liberté et la lui accordait. Chaque jour – sauf s'il était sollicité pour une vidéoconférence –, il rejoignait Annah et Ethan au moment des repas, petit déjeuner compris.

Au début de la semaine, il avait mis à disposition d'Annah un 4×4 pour lui permettre d'explorer les confins de la propriété ; quand elle désirait en sortir, un chauffeur et un garde du corps pouvaient l'accompagner. La veille, pour la première fois, elle avait laissé Ethan à Luca pour aller faire des courses avec Eva. Le jour précédent, elle avait donné rendez-vous à Mia et emmené Ethan et Liliana visiter une ferme pédagogique.

Et puis il y avait leurs nuits, bien au-delà de tout ce qu'il avait pu imaginer, et pas seulement à cause du sexe. Annah se révélait intelligente et curieuse, réellement intéressée par son travail et par la façon dont il avait légalisé les pratiques de l'affaire familiale. Leurs discussions le stimulaient, et jamais il ne s'était autant confié à une femme. Ils formaient une excellente équipe. Alors pourquoi hésitait-elle à franchir le pas ?

Le serveur revint avec le vin. Luca ravala sa frustration, et ils se mirent à bavarder en évitant les sujets à risque. D'où lui venait cette impression qu'elle lui dissimulait quelque chose ?

— Qu'est-ce qui te tracasse, *dolcezza* ? demanda-t-il après avoir commandé le dessert.

— Accepterais-tu de me dire ce qui est arrivé à ton frère ? demanda-t-elle après une courte hésitation.

Instantanément, il sentit son estomac se nouer. Une fois déjà elle avait tenté d'aborder le sujet, mais il avait éludé et tenta à nouveau de le faire.

— Ce n'est pas une conversation pour un dîner.

— Pourquoi n'est-ce jamais le moment d'en parler ?

— Parce que je n'en ai pas envie.

— Pourquoi ?

— Qu'est-ce que ça peut te faire ?

— J'envisage de passer tout le reste de ma vie avec

toi. Il faut que je te comprenne. La mort de ton frère t'a profondément affecté et tu n'en as jamais parlé à personne, dit-elle en le fixant d'un regard bleu étincelant et plein de défi. Mais, moi, ça me concerne, Luca. À cause d'Ethan, nos vies sont liées à jamais. Quelle que soit ma décision finale.

Le cœur d'Annah se mit à battre plus vite. Elle venait de reconnaître qu'elle était préoccupée par tout ce qui concernait Luca et cela la rendait vulnérable, comme si elle était toute nue dans ce restaurant.

Il y eut un silence, et le visage de Luca se ferma totalement. Comment avait-elle pu accepter de prolonger son séjour ?

Contrairement à ce qu'elle aurait imaginé, Chloe n'avait pas fait preuve de plus de raison qu'elle.

— Mon Dieu ! s'était-elle écriée si fort qu'Annah avait dû écarter le téléphone de son oreille. Il est amoureux de toi !

Annah avait tenté de modérer son enthousiasme.

— Pas du tout. C'est à cause d'Ethan. Rien à voir avec l'amour.

Pas de sentiments ni d'amour et tant mieux, c'était très bien comme ça.

— Reste donc en Sicile, avait insisté Chloe. Ici tout se passe parfaitement bien.

Et voilà qu'elle se retrouvait assise à cette table, le cœur battant, sachant qu'elle tenait une pièce importante du puzzle à reconstituer si elle voulait vraiment comprendre Luca.

— Mon frère est mort en prison, dit-il abruptement.

Elle ouvrit de grands yeux mais parvint à garder le silence. Même un murmure de sympathie aurait risqué de l'interrompre dans son récit.

— Enzo était plus jeune que moi, dit-il après une gorgée de vin. Et beaucoup plus sous l'influence de mon père. Quand je suis rentré après ma première année de fac aux États-Unis, je l'ai trouvé… différent, et cela a conforté ma décision de revenir à la fin de mes études. Même si je ne pouvais pas changer Franco, j'ai cru possible d'empêcher qu'Enzo ne finisse comme lui.

Son visage se durcit.

— Hélas, il était déjà trop impliqué et je n'y pouvais plus rien. Quand j'ai coupé les ponts avec Franco et déménagé à New York, Enzo n'a même plus accepté de me parler au téléphone.

Il resta silencieux un moment. La gorge d'Annah se serra. Elle aurait aimé lui prendre la main pour le réconforter, mais son regard absent, tourné vers son passé, l'en dissuada.

— Enzo a été emprisonné pour incendie et homicide involontaire. Il avait mis le feu à une petite boutique, un sale boulot, une commande de notre père. L'avocat a prétendu qu'il ignorait que le propriétaire se trouvait à l'intérieur. Je l'espère, dit-il en levant vers elle un regard sombre qu'elle la bouleversa, mais je n'en suis pas certain.

Elle ne put s'empêcher de tendre la main vers celle de Luca, posée sur la table.

— Que s'est-il passé ?

— Une bagarre en prison. Il a pris un coup de couteau en pleine poitrine, il n'a pas survécu.

Que dire ? C'était tellement horrible. Son cœur se serra en pensant à Eva qui avait perdu deux fois son fils cadet, la première à cause de la corruption et la seconde à sa mort.

— Je suis désolée qu'il soit mort, dit-elle dans un souffle.

— Parfois la vie vous fait des cadeaux et parfois elle vous dépouille, dit-il en lui pétrissant la main. J'ai perdu Enzo, mais j'ai trouvé Ethan… et toi.

Le cœur d'Annah se gonfla. Comment résister à cet homme si beau, si torturé, et au désir qu'elle sentait monter en elle ?

— Je sais que nous avons commandé un dessert, mais…

Elle n'alla pas plus loin. Il lui adressa un de ses fameux sourires et son pouls se mit à battre plus vite…

— Je vais demander l'addition.

Quelques minutes plus tard ils étaient sur le trottoir,

attendant Mario qui, ce soir, faisait office à la fois de chauffeur et de garde du corps.

Luca attira Annah à lui pour lui faire sentir son érection et l'embrassa passionnément.

— Je n'ai pas envie d'attendre. Si on faisait l'amour à l'arrière du SUV ?

Elle éclata de rire et rougit en voyant Mario arriver. Celui-ci lui ouvrit la portière arrière, mais tandis qu'elle montait dans le SUV, son talon resta coincé entre deux pavés. Mario se baissa pour ramasser son escarpin. Elle jeta un coup d'œil embarrassé à Luca, mais il lui tournait le dos. Brusquement, il fit demi-tour vers elle.

— Rentre dans le restaurant, Annah, dit-il d'une voix trop calme qui la fit frémir.

— Que se passe-t-il ?

Mario laissa tomber la chaussure et bondit sur ses pieds. Le cœur d'Annah se mit à battre violemment. Un jeune homme – presque un adolescent – se tenait à trois mètres d'eux, le visage rouge et grimaçant de colère ou de peur, un revolver braqué à bout de bras sur le torse de Luca.

Instinctivement, Annah se précipita avec un cri terrible vers Luca pour protéger le père de son enfant. En la voyant surgir, le garçon pointa le revolver vers elle, mais Luca bondit pour s'interposer. Un bras surgit derrière elle et l'agrippa pour la projeter de côté. Mario.

— Non ! hurla-t-elle, mais il était trop fort.

Elle trébucha sur son pied déchaussé. Mario la retint et s'interposa entre le tireur et elle. Puis il la poussa vers l'entrée du restaurant.

— Restez à l'intérieur, je passe par les cuisines pour rejoindre l'allée.

— Je vous prie, Mario, faites qu'il ne lui arrive rien. Je…

Elle s'interrompit, mais les mots résonnèrent dans sa tête.

Je l'aime.

Mario disparut, et elle se mit à trembler de tout son corps. Ses genoux vacillèrent, elle s'adossa au mur et se laissa glisser sur le sol. Les bruits du restaurant lui parvenaient dans un brouillard. Quelqu'un serra doucement sa main tremblante en lui murmurant des paroles de réconfort. Sa vue se troubla et elle ferma les yeux.

Pourvu qu'il ne soit pas blessé.

— Annah !

Ses yeux se rouvrirent et sa gorge laissa échapper un sanglot.

— Luca ! s'écria-t-elle en nouant les bras autour de son cou.

Il la souleva et l'assit sur une chaise. Du regard elle chercha des traces de blessure sur sa chemise. Du sang.

— Tu vas bien ? Tu n'es pas blessé ? Que s'est-il passé ?

— Je vais bien, articula-t-il d'une voix rauque.

— Et Mario ?

— Il va bien lui aussi. Il a réussi à désarmer le garçon.

— Qui est-ce ?

— Pas maintenant, *cara*, on en parlera plus tard. La police est là, il faut que je fasse une déposition. Quelqu'un va te ramener à la maison.

— Non, je préfère rester avec toi.

Doucement, il lui fit baisser les bras et se redressa. Ignorant ses protestations, il la guida vers la voiture, l'installa sur le siège arrière et se pencha pour l'embrasser. Longuement, leurs lèvres se joignirent puis il s'écarta.

— À plus tard, dit-il avant de refermer la portière.

10.

Annah se glissa dans la chambre d'Ethan et, faisant très attention à ne pas le réveiller, s'allongea sur le flanc, à côté de lui, pour le regarder dormir. Peu lui importait de froisser sa robe : elle se changerait plus tard mais pour le moment elle voulait se réconforter en restant là, près de son petit garçon.

Elle était revenue à la villa dix minutes plus tôt. Eva, prévenue par Luca, l'attendait, l'air soucieux. Elle l'avait prise dans ses bras, et Annah l'avait rassurée avant de monter à l'étage.

Elle avait beau s'efforcer de respirer lentement, son cœur battait toujours trop vite, ce qui, après une telle frayeur, n'avait rien d'anormal. Pourtant, tout au fond de son cœur, elle savait qu'il y avait autre chose.

Je l'aime.

Durant le trajet, seule à l'arrière du SUV, elle avait voulu prétendre qu'elle s'était trompée, que, sous le coup de l'émotion, elle avait pris son inquiétude pour de l'amour. Mais non. La vérité, c'était qu'elle était amoureuse de Luca depuis plus de deux semaines.

Comment pouvait-on tomber amoureux si vite ? Mais n'était-elle pas déjà tombée amoureuse – un tout petit peu – cette fameuse nuit, cinq ans auparavant, à Londres ? Même en se croyant cruellement abandonnée de lui, une partie d'elle ne s'était-elle pas accrochée au souvenir de l'amant tendre et passionné qu'il avait été ?

Mais Luca, lui, ne croyait pas à l'amour. Elle commettait

donc la même erreur que sa mère, une erreur qu'elle s'était juré de ne jamais faire. Elle était amoureuse d'un homme qui ne lui rendrait jamais son amour.

— Maman !

Elle se réveilla en sursaut.

— Tu as dormi tout habillée !

Elle s'assit sur le lit. Ethan était agenouillé au-dessus d'elle, et la lumière pénétrait dans la chambre entre les rideaux tirés.

Le matin ?

Un regard à sa robe froissée et tout lui revint : le restaurant, le jeune homme au revolver, la révélation si perturbante. Sur ses jambes quelqu'un avait posé une couverture. Luca ? Elle eut un impérieux désir de le voir, de vérifier qu'il allait bien. Elle serra Ethan dans ses bras.

— Bonjour mon chéri. Si on s'habillait pour aller déjeuner ?

— Oui !

Lorsqu'ils arrivèrent dans la salle à manger ensoleillée, Luca était déjà à table, et Annah sentit le cœur lui manquer. Fraîchement rasé, en chemise blanche aux manches relevées, il était plus beau et plus débordant d'énergie que jamais. Elle voulut se précipiter vers lui mais Ethan la devança. Leurs yeux se croisèrent au-dessus de la tête de l'enfant et elle lui sourit. *Je vais bien.*

Quand Ethan recula, Luca posa sur la joue d'Annah un chaste baiser en murmurant :

— Il faut qu'on parle.

Elle acquiesça et se versa un café. Le faible espoir qu'elle ne parvenait pas à étouffer la rendait trop nerveuse pour avaler la moindre nourriture.

Eva arriva peu après et, quand elle proposa à Ethan d'aller promener le chiot qu'il avait baptisé Timmy, Annah eut envie de l'embrasser.

Dès qu'ils furent seuls, Luca l'emmena dans son bureau. À peine eut-il fermé la porte qu'il la prit dans ses bras. Elle ne put s'empêcher de se blottir contre lui, le visage contre son torse, respirant son odeur. Il lui prit le menton et l'embrassa longuement sur la bouche.

— Tu étais endormie quand je suis rentrée. Je n'ai pas voulu te déranger.

— C'est toi qui as posé la couverture sur moi ?

— Oui.

— J'aurais préféré que tu me réveilles.

— J'ai bien failli le faire, répondit-il avec un sourire qui éclaira son visage inquiet. Tu vas bien ?

— Oui, mais j'aimerais que tu m'expliques ce qui s'est passé.

— C'est un gamin paumé, dit-il en la guidant vers un canapé de cuir brun où il prit place à côté d'elle. Son père est un ancien employé qui revendait des marchandises volées dans un des entrepôts. Je l'ai viré la semaine dernière et j'ai porté plainte contre lui.

— Mais pourquoi s'en prendre à toi ? demanda-t-elle après avoir assimilé l'information. Tu as fait ce qu'aurait fait n'importe quel employeur.

— Le gamin pense que j'aurais dû punir son père comme ça se faisait avant.

— Avant ?

— Comme le faisait mon père.

Elle sentit un frisson glacé la traverser.

— Si on le tabasse ou même si on lui casse les rotules, un homme garde sa liberté. Mais la prison… D'après le gamin, non seulement j'ai privé son père de liberté, mais aussi sa famille de son gagne-pain.

— Drôle de façon de voir les choses !

— C'est aussi mon avis, mais pas celui des autres. J'ai viré mon responsable de sécurité il y a trois semaines parce qu'il avait tabassé un homme qu'il avait pris en train de voler, dit-il en se frottant les paupières, l'air soudain épuisé malgré sa vitalité.

— Tu es un homme bien, Luca, dit Annah d'une voix brisée par l'émotion, et je suis fière que tu sois le père d'Ethan.

— Assez fière pour accepter de m'épouser, *cara* ? demanda-t-il en portant sa main à ses lèvres.

— Et toi, crois-tu que tu parviendras un jour à m'aimer ?

Le visage de Luca se rembrunit, et il lui lâcha la main.

— Tu connais ma position sur ce sujet.

— Oui, mais… Si tu te trompais ? Si l'amour n'était pas une marque de faiblesse mais la seule chose capable de forger un lien entre les membres d'une même famille ? Et de faire durer un mariage ?

Il la fixa comme si elle venait de dire une énormité.

— Pourquoi ramener ça sur le tapis alors que tu sais déjà ce que j'en pense ?

Parce que, la nuit dernière, j'ai compris que je t'aimais.

— Parce que c'est important, dit-elle. Je ne suis pas sûre de pouvoir m'engager dans un mariage sans amour.

— Même si tout le reste contribue à la solidité de ce mariage : la loyauté, l'engagement, le respect, l'amitié ?

— Ce sont des valeurs estimables…

— Alors pourquoi ne te suffisent-elles pas ?

Elle détourna la tête, sentant s'éteindre l'étincelle d'espoir qu'elle gardait au cœur.

Il y eut un long silence.

— *Cara*, dit-il d'une voix radoucie en prenant sa main entre les siennes, je sais que ce qui s'est passé la nuit dernière t'a fait peur. Mais je te jure qu'il ne vous arrivera jamais rien, ni à Ethan ni à toi. Si cela t'inquiète, je peux prendre de nouvelles mesures de sécurité, vous assigner des gardes supplémentaires…

— Ce n'est pas ça, Luca. Je sais que tu tiens à nous plus qu'à ta propre vie et Mario aussi. Et tous tes autres hommes.

Malgré l'incident de la veille, elle n'avait pas peur du monde de Luca. Ils risquaient moins de mourir victimes d'une vengeance contre lui que de se faire écraser à Londres par un conducteur distrait. Non, ce qu'elle redoutait c'était que Luca ne lui brise le cœur, un cœur stupide et vulnérable.

— Comment peux-tu être certain que l'amour te rende plus faible, si tu n'as jamais aimé ?

— Je le sais, dit-il en la lâchant pour aller se placer de dos à la fenêtre, les mains dans les poches.

Elle le suivit, les jambes tremblantes, et s'arrêta juste derrière lui. Posant la main sur son épaule, elle sentit la tension qui faisait presque vibrer ses muscles.

— Comment ? Dis-le-moi. Aide-moi à comprendre.

— Peu de temps après avoir coupé les ponts avec Franco, fit-il après un long silence, j'ai été approché par un procureur qui savait que mon père et moi n'avions pas les mêmes valeurs. Ni la même vision de l'affaire familiale. Il m'a demandé de lui fournir des preuves internes des opérations illégales de Franco. Le genre de preuves qui permettrait de le mettre à l'écart pour longtemps.

Il s'arrêta, les mâchoires serrées.

— J'aurais pu le faire, mais je ne l'ai pas fait. Quelque part, j'étais resté le gamin qui idolâtrait son père. Et qui l'aimait.

Le mot était sorti de sa bouche comme un crachat.

— Même après ma confrontation finale avec Franco, je ne pouvais pas le trahir. Pas à ce point. J'ai préféré m'exiler loin de l'affaire familiale. Je suis parti à New York.

Il se retourna si brusquement pour faire face à Annah qu'elle sursauta.

— L'amour m'avait rendu incapable de faire ce que j'aurais dû. Franco serait allé en prison et n'aurait pas conservé son emprise sur Enzo. Mon frère serait encore en vie.

La douleur qu'elle lut dans ses yeux lui brisa le cœur. Qu'avait-il dit quand elle s'était demandé pourquoi Rachel n'avait pas voulu la faire adopter ? « Peut-être t'aimait-elle trop pour le faire ? » Sur le moment, cela lui avait semblé étrange, mais elle comprenait, maintenant.

— Tu n'en sais rien, Luca.

— Mais si, dit-il avec un long soupir en la prenant par les épaules. Désolé, Annah, mais je ne veux pas me montrer faible de nouveau. Je ne peux pas aimer et protéger en même temps.

Elle sentit les larmes lui monter aux yeux.

— Luca, tu ne t'en rends pas compte, mais ce qui fait ta force, ce sont tes sentiments et la compassion que tu as envers les autres.

Il secoua la tête comme s'il refusait d'envisager cette possibilité, et elle fut déchirée par un horrible sentiment de perte. Il était capable d'aimer, elle n'en doutait plus, mais jamais il ne prendrait le risque de se rendre vulnérable. Il voulait bien tout lui donner, la sécurité, l'engagement, une famille et leur extraordinaire entente physique, mais il ne s'autoriserait pas à aimer. Ni Ethan, ni elle.

Submergée par le chagrin, pour la première fois de sa vie elle éprouva un élan de sympathie pour sa mère : elle savait désormais ce que c'était de vouloir désespérément être aimée par un homme.

Luca était en train de perdre Annah, il le lisait dans la froideur de son regard et sur son visage fermé. Il sentit son cœur se serrer. Ce n'était pas possible.

La nuit précédente, à la seconde où elle avait attiré l'attention du gamin qui avait aussitôt pointé son arme sur elle, il avait compris qu'il ne supporterait pas de la perdre alors qu'il l'avait attirée dans ce guêpier. Jamais il n'aurait dû la faire sortir du restaurant sans la présence de Mario. Jamais il n'aurait dû l'embrasser sur le trottoir comme un idiot, oubliant les dangers potentiels.

Ce qui confirmait ce qu'il venait de lui dire : on ne pouvait à la fois protéger quelqu'un et l'aimer.

— Annah !

— Rien à faire, jamais nous ne serons d'accord. Nous ne désirons pas la même chose.

— Pourtant, nous voulons tous les deux le meilleur pour Ethan.

— Évidemment, répondit-elle d'un ton plus calme en échappant à son étreinte, mais nous ne sommes pas d'accord sur la définition du meilleur.

— Tu ne crois pas que notre fils mérite un foyer stable où vivre en famille avec ses deux parents ?

— Je crois qu'il mérite mieux qu'un mariage entre des parents qui ne pourront jamais s'aimer.

— C'est ta réponse définitive ? Tu rejettes ma demande ?

Un instant sa bouche trembla, mais elle releva le menton.

— Oui.

Il sentit son ventre se tordre de colère et de désespoir.

— Jamais je n'accepterai d'être un père épisodique, Annah.

— Qu'est-ce que ça veut dire ?

— Ne me pousse pas dans mes retranchements.

— Tes retranchements ? demanda-t-elle avant de comprendre soudain. Tu veux dire que tu vas réclamer la garde exclusive ? Eh bien je me battrai contre toi. Peu m'importe combien ça me coûtera, peu m'importe que tu engages les meilleurs avocats. Je suis la mère d'Ethan et tu ne peux pas me l'enlever.

Immédiatement, il fut envahi de regrets et de remords. Pourquoi, devant elle, ne parvenait-il pas à maîtriser ses émotions ?

— Annah ! s'écria-t-il en se précipitant vers elle, alors qu'elle lui échappait. Pardonne-moi ! J'étais en colère. Jamais je ne chercherai à te séparer de notre fils !

Elle le fixa longuement avant de répondre.

— Ethan et moi ferions mieux de partir cet après-midi.

— Mais ce n'était prévu que demain matin.

— Je ne vois pas l'intérêt de rester une nuit de plus.

Il lutta contre le désir fou de la prendre dans ses bras pour lui rappeler la force de l'alchimie qui les liait.

— Très bien. Je m'en occupe, dit-il finalement d'une voix brisée, loin pourtant d'exprimer le gouffre qu'il sentait se creuser dans son cœur.

11.

— Puis-je me joindre à toi ?

Luca tourna la tête en entendant la voix de sa mère mais hésita à répondre. Sans avoir envie de compagnie, il n'avait aucune raison de se montrer impoli. De la main qui tenait un verre de whisky, il désigna une chaise à côté de lui, sur la terrasse. Eva s'y assit avec son verre de cognac, et ils restèrent quelques minutes à boire en silence.

— Ils me manquent, dit-elle enfin.

Il avala une gorgée de whisky. *À moi aussi. Depuis trois semaines.* Les échanges en vidéo deux fois par semaine avec Ethan, précédés de quelques secondes d'entretien avec Annah, ne lui suffisaient pas, loin de là.

— Une fois, j'ai essayé de le quitter.

Il leva la tête vers sa mère qui sirotait son cognac, les yeux fixés sur les jardins au clair de lune.

— Je venais d'apprendre qu'il avait une maîtresse, mais ce n'était pas la seule raison. D'autres problèmes me perturbaient. Il y avait dans la vie de Franco des… zones d'ombre que je n'avais pas perçues en l'épousant. J'avais peur, alors je suis partie à Naples avec ton frère et toi. Tu n'avais que huit ans, tu ne t'en souviens sans doute pas.

— Si, je m'en souviens.

Sa mère avait prétendu qu'ils partaient en vacances et il avait trouvé ça bizarre car ils ne partaient d'habitude jamais sans leur père.

— Je croyais que mes parents m'aideraient, mais ton grand-père était trop conservateur. Pour lui, une femme n'avait sous aucun prétexte le droit de briser son mariage. Il a appelé Franco et… voilà.

Il se rappela l'arrivée de son père. Il avait été content de le revoir, mais pas tant que ça. À huit ans, il aimait jouer dans la rue avec son frère et manger les gâteaux confectionnés par leur grand-mère. Ils étaient restés quelques jours de plus sur place avant de regagner la Sicile.

Son père devait être furieux contre sa mère.

— Il y a eu des… répercussions ? demanda-t-il.

— Rien de physique. Tu auras peut-être du mal à le croire, mais jamais il n'a levé la main sur moi. Pourtant, il était dans une rage… Il a passé une semaine sans pratiquement m'adresser la parole, puis il a fait emballer mes effets personnels dans des valises qu'il a déposées au milieu du hall. Et il m'a donné le choix : soit rester et me comporter en épouse docile, soit partir et ne plus jamais revoir mes fils. J'ai remonté les bagages dans ma chambre. Je n'avais pas le choix, je ne pouvais pas vous laisser, Enzo et toi.

Luca sentit sa gorge se serrer. Que dire ? Il détourna la tête mais Eva lui prit le bras.

— Tu m'as reproché d'avoir eu la faiblesse d'aimer ton père, mais en vérité ça faisait longtemps que j'avais cessé de l'aimer. Pourtant, mon amour pour Enzo et pour toi m'a donné la force d'endurer ce désastreux mariage et de rester, pour vous protéger.

Les propos d'Annah, trois semaines plus tôt, lui revinrent : « Ce qui fait ta force, ce sont tes sentiments et la compassion que tu as envers les autres. »

— Pourquoi m'as-tu laissé si longtemps croire en lui ? demanda-t-il à Eva.

— Je ne voulais pas te monter contre lui quand tu étais enfant, il l'aurait su. J'espérais qu'en grandissant tu prendrais toi-même conscience… Mais j'ai trop attendu, dit-elle en soupirant.

— Et après, nous avons tous les deux fait le malheur d'Enzo, répondit-il sombrement.

Elle hocha la tête et leva vers lui un visage douloureux.

— Enzo n'était pas aussi fort que toi. Il était impressionnable et cherchait toujours à plaire à son *papà*. Même si Franco était allé en prison, cela ne l'aurait pas fait changer.

Luca lui jeta un regard perçant. Savait-elle qu'il avait été approché par un procureur ?

— Tu sais, Luca, j'en sais plus que tu ne crois. Et je sais aussi que tu aimes Annah.

Il ouvrit la bouche pour la détromper, mais elle ne le laissa pas placer un mot.

— Tu crois que je n'ai pas remarqué la façon dont tu la regardes le matin au petit déjeuner ? Et je sais aussi que tu t'es interposé entre elle et un revolver l'autre soir, devant le restaurant.

— Qui t'a raconté ça ?

— J'ai mes sources, répondit-elle avec un léger sourire. C'est ce qui se passe quand un homme veut protéger la femme qu'il aime. Et on m'a dit que, de son côté, Annah avait elle aussi tenté de te protéger. Tu devrais te demander pourquoi.

Sur quoi elle rentra, le laissant seul avec ses pensées.

Les mains d'Annah tremblaient si fort qu'elle eut du mal à prendre le mug de thé que lui tendait Chloe. À la première gorgée son estomac se révulsa et elle jeta un regard implorant à Ben, le petit ami de Chloe, tellement sérieux et officiel dans son uniforme de policier.

— Je t'en prie, dit-elle d'une voix rauque – elle venait de passer trois quarts d'heure à hurler le nom d'Ethan en courant dans les bois qui s'assombrissaient. Je voudrais participer aux recherches au lieu de rester là à répondre à un millier de questions.

Chloe la prit dans ses bras. Annah adorait son amie mais regrettait que Luca ne soit pas là pour lui offrir son soutien et sa force. Mais il aurait sans doute davantage envie de l'étrangler que de la réconforter quand il apprendrait qu'elle était responsable de la disparition de leur fils.

— Nous allons organiser les recherches, déclara Ben d'un ton professionnel mais plein de sympathie. De nombreux volontaires nous ont proposé leur aide. Tu ferais mieux de rester ici, Annah.

— Pas question ! s'écria-t-elle. Je veux retrouver mon fils.

— Quand nous le retrouverons, tu seras la première personne qu'il aura envie de voir, dit Ben après un échange de regard avec Chloe. Il vaut mieux que tu restes ici, pour qu'on puisse rapidement te localiser.

Annah lui fut reconnaissante d'avoir employé « quand » plutôt que « si ». Chloe la prit par l'épaule.

— Tu es épuisée. Reste ici avec moi, nous ferons du thé et du café pour les volontaires.

Oui, elle était épuisée et c'était bien cela la cause de ce qui était arrivé. Elle dormait tellement mal parce que Luca lui manquait et qu'elle se reprochait d'avoir rejeté sa demande chaque fois qu'Ethan réclamait papa, nonna et Timmy. Pour se prouver qu'elle était forte, déterminée, et qu'Ethan et elle n'avaient besoin de personne, elle s'épuisait au travail.

— Si seulement j'avais poussé ce fichu verrou, murmura-t-elle. Et si seulement Mister Pickles n'était pas sorti se promener.

Elle avait promis à Ethan qu'ils le chercheraient le lendemain, espérant que leur chat serait de retour avant. Puis elle s'était assoupie dans le canapé. Quand elle s'était réveillée, la porte de la cuisine était ouverte et Ethan avait disparu.

Elle se massa les tempes du bout des doigts dans l'espoir de contrôler sa panique.

— C'est bon, je vais rester là.

Puis elle prit son téléphone et s'apprêta à passer l'appel qu'elle redoutait tant.

*
* *

Une heure plus tard, folle d'angoisse, Annah faisait les cent pas dans son appartement tandis que d'autres passaient les champs et les bois au peigne fin.

— Je t'ai mis des quiches dans le frigo, ma chérie, dit Dot derrière elle. Je te fais une tasse de thé ?

— Non, merci, répondit Annah, debout près de la fenêtre, les yeux rivés à l'obscurité.

De temps à autre on distinguait entre les arbres la torche d'un volontaire. Elle serrait de la main droite son téléphone qui restait silencieux. Luca avait-il au moins reçu son message ?

Elle se remit à arpenter la pièce. Il devait être furieux qu'elle ait perdu leur fils. Leur fils si beau, si adorable.

— Annah ?

La voix de Chloe l'arracha à ses pensées, et elle se tourna vers la fenêtre. Luca gravissait quatre à quatre les marches de l'entrée. Comment pouvait-il… ? La porte s'ouvrit, il se précipita vers elle et s'arrêta net, si près qu'elle sentit la chaleur qui émanait de son corps.

— Tu as eu mon message ? demanda-t-elle d'une voix éraillée.

— Oui. J'étais justement en Angleterre, en route pour ici, mais j'avais éteint mon téléphone. Je ne l'ai réactivé qu'il y a dix minutes à peine.

En route pour ici ?

— On ne l'a toujours pas retrouvé ? demanda-t-il, visiblement mort d'inquiétude.

— Non, répondit-elle, ravalant ses larmes pour cacher à quel point elle se sentait misérable et faible. Je suis absolument désolée. C'est ma faute.

Il la prit dans ses bras, et elle se raidit un instant avant de se laisser aller contre lui, étouffant ses sanglots contre son large torse. Même à un moment pareil, elle se réjouissait qu'il soit là. Il s'écarta et lui prit le visage entre ses mains.

— Nous allons le retrouver. Tous les deux, ensemble.

Elle reprit un peu ses esprits et le présenta à Chloe, Dot et George, le collègue de Ben, qui pointait l'état des recherches sur une carte dépliée sur la table de la salle à manger.

— Luca, le père d'Ethan.

Dot ouvrit de grands yeux tandis que George, après avoir serré la main de Luca, lui indiquait la progression des chercheurs.

— Nous avons préféré garder Annah ici avec nous jusqu'à ce qu'on le retrouve.

— Toi aussi, tu voulais rester ici ?

— Personnellement, j'aurais préféré participer aux recherches.

— Mon fils vous connaît ? demanda-t-il soudain à Chloe en la fixant d'un regard intense.

Elle acquiesça.

— Alors restez ici pour le rassurer au cas où quelqu'un le ramènerait, dit-il en prenant le commandement des opérations sans même consulter George. Annah et moi, nous allons participer aux recherches.

Une minute plus tard, après avoir enfilé une veste et des chaussures, Anna prit son téléphone et deux lampes torches. Arrivée en bas de l'escalier, elle attrapa Luca par le bras et ouvrit la bouche comme pour lui parler, mais ses sentiments étaient si confus qu'elle ne put trouver de mots.

— Nous parlerons plus tard, dit-il en lui caressant furtivement la joue. D'abord, retrouvons notre fils.

Une demi-heure plus tard, alors que Luca venait pour la centième fois de hurler le nom d'Ethan, une sonnerie retentit. Il braqua sa torche sur Annah, qui extirpa son téléphone de sa poche, et retint son souffle. Ce n'était pas la soirée qu'il avait imaginée en quittant la Sicile. Pour une fois, il avait laissé Mario à Palerme et loué un SUV à l'aéroport. Quand il avait pensé à consulter son téléphone et découvert le message d'Annah, il était presque déjà arrivé à Hollyfield.

Il s'approcha pour tenter de déchiffrer son visage éclairé par la lune. Elle porta la main à ses lèvres et laissa échapper un son, mi-cri, mi-sanglot. Une seconde, il retint son souffle. Puis elle se précipita dans ses bras.

— Ils l'ont retrouvé, Luca. Il va bien.

Sous l'effet du soulagement, ses jambes se mirent à trembler comme s'il venait de courir un marathon. Il serra Annah à l'étouffer contre lui.

— Où était-il ?

— Dans une grange, de l'autre côté de la forêt. Quelqu'un le ramène à la maison.

Elle s'écarta de Luca pour le regarder, les yeux brillants de joie et de soulagement. Il faillit tirer la bague de diamant qui se trouvait dans sa poche, s'agenouiller dans la boue et lui déclarer sur-le-champ qu'il l'aimait, mais mieux valait s'abstenir pour le moment. Un champ boueux n'était pas l'endroit idéal pour formuler une demande en mariage. Et ils devaient d'abord voir leur fils.

Ils regagnèrent à la hâte la maison d'Annah. Lorsque Ethan apparut enfin, en pleurs et transi mais visiblement en bonne santé, Luca tint à le faire examiner par un médecin.

Une heure plus tard, tandis qu'Ethan dormait à poings fermés et que la police, les volontaires, le médecin et les amis d'Annah étaient enfin partis, ils se retrouvèrent seuls dans la cuisine.

— Qu'étais-tu venu faire ici, Luca ? demanda-t-elle en le fixant d'un œil suspicieux.

— Il faut que nous parlions.

— Tu aurais très bien pu me téléphoner.

— Pour ce que j'ai à te dire, je préfère te parler en face.

— Pourquoi ? demanda-t-elle, le cœur battant et les paumes moites d'inquiétude.

Il vint vers elle et elle voulut obéir à sa raison qui lui conseillait de reculer, mais ses jambes en étaient incapables.

— Parce que j'ai besoin que tu me croies, dit-il en lui prenant le visage entre ses mains.

Elle reprit son souffle, submergée par un mélange

d'angoisse et d'espoir, sachant déjà ce qu'il allait lui dire. Il entrouvrit les lèvres, mais elle les couvrit de sa main.

— N'essaie surtout pas de me mentir, Luca, dit-elle d'une voix blanche, sinon…

Elle s'interrompit, incapable d'aller plus loin.

Doucement, il lui prit la main et l'obligea à la baisser. Elle ferma les yeux, effrayée par cet espoir qui grandissait trop vite…

— Regarde-moi, je t'en prie, *cara*.

Comment résister quand c'était si gentiment formulé ? Elle ouvrit les yeux et découvrit son visage marqué par l'émotion.

— Je t'aime, dit-il en la fixant droit dans les yeux pour qu'elle lise la vérité dans les siens. J'aurais dû le comprendre il y a trois semaines, mais j'avais tellement peur de mal faire pour Ethan et pour toi que j'ai agi de la pire des manières – je vous ai laissés partir.

Les yeux d'Annah s'emplirent de larmes, et elle posa ses mains sur son torse, comme pour s'assurer qu'il était bien réel, qu'elle n'était pas une fois de plus en train de rêver, qu'elle n'allait pas se retrouver seule, le cœur brisé.

— Oh ! Luca.

Il posa la bouche sur la sienne, et elle lui rendit son baiser.

— Comment as-tu compris ? demanda-t-elle finalement.

— Le vide dans mon cœur après votre départ. Et une conversation surprenante avec ma mère.

— Tu as parlé avec Eva ? demanda-t-elle, stupéfaite.

Il la serra plus étroitement contre lui.

— Cela fait des années que nous aurions dû parler, mais je ne lui en ai jamais donné l'occasion, dit-il d'un ton lourd de regrets. Tu savais qu'elle avait essayé de quitter Franco, une fois, en nous emmenant, Enzo et moi ?

— Non. Elle m'a dit que jamais il ne l'aurait laissée vous emmener, mais j'ignorais cette tentative. Il a dû lui falloir beaucoup de courage.

— Plus de courage que ce dont je la pensais capable.

— Comment cela s'est-il terminé ?

— Mal, répondit-il avec un rictus. Mon père est allé la chercher et lui a donné le choix : se comporter en gentille épouse ou ne plus jamais nous revoir, Enzo et moi.

— Elle n'a donc pas vraiment eu le choix.

— Non, elle a tout sacrifié, sa liberté, une chance de trouver le bonheur auprès de quelqu'un d'autre, pour rester auprès de nous.

— Elle vous aimait. C'était une femme forte.

— Et moi qui la croyais faible, quel imbécile j'étais !

— Tu n'es pas un imbécile, Luca, dit-elle en lui caressant la joue.

— Bien sûr que si. J'ai cru que je pouvais décider de ne jamais aimer, que ça me rendrait plus fort, dit-il en lui caressant la joue, mais je me trompais. On ne choisit pas d'aimer, c'est l'amour qui nous choisit, que nous le voulions ou pas.

— La pensée que jamais tu ne pourrais aimer notre fils a failli me briser le cœur.

— Fais-moi confiance, dit-il en rivant son regard au sien. Ethan saura chaque jour de sa vie combien il est aimé par son père.

Puis il la souleva dans ses bras et la transporta jusqu'au canapé. La prenant sur ses genoux, il l'embrassa jusqu'à ce qu'elle se sente envahie par une douce chaleur familière.

— Moi aussi, je t'aime, chuchota-t-elle en lui nouant les bras autour du cou.

— Cela ne fait que vingt-quatre heures que j'ai commencé à espérer, répondit-il d'une voix brisée par l'émotion. Mais je n'étais sûr de rien car, le dernier jour, tu n'avais pas dit un mot.

— Je ne pouvais pas. Tu étais si convaincu de ne jamais pouvoir me rendre mon amour. J'ai grandi en voyant ma mère se jeter désespérément à la tête de ses amants pour se faire aimer. Je lui en ai voulu longtemps, comme toi à Eva. J'étais bien décidée à ne pas être aussi faible.

Ces dernières semaines, elle avait beaucoup repensé à sa mère et, petit à petit, son amertume envers elle s'était dissipée, laissant place à de la tristesse et de la compassion pour cette femme qui avait passé sa vie à chercher l'amour alors qu'elle ne s'aimait pas elle-même.

— Non, tu n'es pas faible, *cara*, lui dit-il en la prenant par le menton. Tu es forte. Pendant quatre ans, tout en travaillant, tu as réussi à élever seule notre fils.

— Ces trois dernières semaines, ça n'a pas été facile, répondit-elle avec un sourire tremblant. Tu me manquais.

— Jamais plus tu ne seras seule pour t'occuper de lui, dit-il en se levant après l'avoir déposée sur le canapé.

Il alla chercher la veste qu'il avait jetée sur une chaise dans la salle à manger et revint avec quelque chose au creux de la main. En le voyant poser un genou en terre, Annah sentit son cœur battre plus vite. Il ouvrit la main, révélant un petit écrin de velours noir. À l'intérieur Annah découvrit un superbe anneau de platine orné d'un diamant.

— Je t'aime, Annah. Je veux devenir ton mari et le père de notre enfant. Je veux vous aimer et vous protéger tout le reste de ma vie. Et toi, veux-tu m'épouser ?

— Oui, répondit-elle, les larmes aux yeux.

Il lui passa au doigt la magnifique bague. Elle se pencha pour l'embrasser et, au même moment, un chat se glissa en miaulant dans la cuisine par la porte ouverte.

— Mister Pickles ! s'exclama Annah, stupéfaite.

Le chat traversa la pièce, maculant le carrelage de traces de boue, avant de sauter sur ses genoux pour se glisser entre elle et Luca, à qui il jeta un regard ulcéré. Elle lui caressa la tête, heureuse de le voir en pleine forme.

— Tu as de drôles d'horaires, Mister Pickles, mais j'en connais un qui sera ravi de te voir de retour demain matin.

Doucement, Luca ôta le chat de ses genoux et la reprit dans ses bras.

— Où en étions-nous ?

Follement heureuse, elle encadra son visage de ses mains. Ils avaient encore de nombreux détails à régler, mais ce qui comptait, en cet instant, c'était qu'ils étaient enfin tous les trois réunis, Luca, Ethan et elle. En famille.

— Je crois que nous en étions là, dit-elle avant de poser les lèvres sur sa bouche.

Épilogue

Quatorze ans plus tard

Ethan Cavallari passa la main dans ses cheveux ébouriffés et pénétra dans la salle à manger familiale pour le petit déjeuner.

— Ethan !

Sa petite sœur descendit de son tabouret avec un cri aigu et se précipita dans ses bras. Il souleva la jeune Aria, âgée de sept ans, pour poser un baiser sur sa joue.

— Maman m'avait permis de veiller jusqu'à ce que tu arrives, hier soir, mais je me suis endormie.

— Je sais, je suis monté te voir, tu ronflais.

— Même pas vrai, s'écria-t-elle en tambourinant de ses paumes sur son torse.

— Si, si, je t'entendais même de ma chambre, dit Leo, dix ans, de la table.

— Tu ronflais si fort que la fenêtre vibrait, renchérit Siena, douze ans, qui ne manquait jamais l'occasion de se liguer avec son frère pour taquiner sa sœur.

Éclatant de rire, Aria leur tira la langue. À l'autre bout de la table, Luca et Annah échangèrent un sourire complice. Quand Ethan revenait de la fac pour séjourner à la maison et que toute la famille se retrouvait autour de la table, Annah sentait son cœur se gonfler de bonheur. Ethan reposa Aria et vint s'asseoir à côté de sa mère.

— Je viens de voir papa et maman se faire de l'œil, dit-il.

— Et moi, je t'ai vu faire de l'œil à Lili au pique-nique du premier de l'an, répondit Siena.

Il rougit, et Annah ne put s'empêcher de sourire. Liliana et Ethan étaient amis depuis toujours, et elle n'aurait pas été surprise que leur amitié évolue en un sentiment… différent. La fille de Mario et Mia était devenue une superbe jeune femme, Ethan n'était sans doute pas insensible à son charme. Il préféra changer de sujet :

— Quand nonna et Alberto arrivent-ils ?

— Dans deux heures répondit Luca.

— Si tu veux, je peux aller les chercher à l'aéroport, dit Ethan, qui adorait conduire.

— Merci, mon chéri, ce serait très gentil à toi.

Eva et son mari vivaient à Rome, mais ils revenaient souvent en Sicile et devaient passer les vacances de Pâques dans la propriété des Cavallari. Eva avait rencontré Alberto sept ans plus tôt chez un ami commun, et ce veuf charmant lui avait fait la cour des mois avant de la demander en mariage.

Annah s'en était réjouie, car c'était un homme délicieux qui adorait Eva. Leur mariage avait eu lieu quelques mois après son installation en Sicile. Luca renouant avec sa mère, elle avait eu envie d'en faire autant avec la sienne, d'autant que l'installation en Sicile lui avait fait l'impression d'une libération, comme si elle avait laissé derrière elle toutes les vieilles blessures. À sa grande surprise, Rachel avait sauté sur l'occasion.

Luca aussi avait appris à pardonner, à sa mère, et – plus important – à lui-même. Il continuait à pleurer Enzo mais ne se jugeait plus responsable de sa mort.

Au regard qu'il adressait à Annah, elle sut qu'il pensait à ce qui s'était passé le matin même, dans la douche, et son pouls s'accéléra. Quatorze ans de mariage et toujours la même alchimie !

Vingt minutes plus tard, quand les enfants eurent repris leurs occupations, Luca vint poser un long baiser sur les lèvres d'Annah.

— J'ai une idée, *dolcezza*, dit-il tout bas.

Elle noua les bras autour de son cou.

— De quoi s'agit-il ?

— Si nous laissions les enfants à maman et Alberto pour le week-end ?

— Tu veux partir ? répondit-elle en fronçant les sourcils. Mais c'est Pâques, tout le monde est là. Tu sais que j'adore que la famille soit réunie. Et toi aussi, d'ailleurs.

— Est-ce que je t'ai dit récemment combien je t'aime ?

— Euh… Ce matin, je crois me rappeler.

— Peut-être avons-nous fait un bambino ce matin ?

— Je suis trop vieille. D'ailleurs, nous en avons déjà quatre, superbes, et je suis très contente d'avoir recommencé à travailler.

Quatorze ans plus tôt, Luca avait confié à Annah le développement et la gestion du restaurant de l'exploitation viticole. Si elle lui demandait un conseil ou son avis, il les lui donnait, mais pour le reste il lui faisait une confiance totale, et les efforts de sa jeune femme avaient été couronnés de succès jusqu'à la naissance d'Aria, où elle avait décidé de se consacrer exclusivement à ses quatre enfants.

Mais Annah était heureuse d'avoir recommencé à travailler dans la fondation qu'elle avait créée avec Mia. Elles développaient, en partenariat avec des entreprises locales, un programme destiné à écarter de la rue les mineurs vulnérables et à leur trouver un travail ou des études avant qu'ils ne sombrent dans la criminalité. Motivées par le destin tragique d'Enzo et par l'adolescence troublée de Luca, elles œuvraient pour éviter ce destin à d'autres jeunes.

Annah, le cœur vibrant de joie, embrassa son mari. Ses sentiments pour lui étaient si puissants qu'elle en était parfois effrayée, mais dans les moments où elle avait l'impression de trop l'aimer elle se souvenait qu'elle était bien plus forte avec lui que seule.

Car ce qu'elle ressentait n'était pas une faiblesse, mais de l'amour, tout simplement.

Retrouvez en février 2020,
dans votre collection

Azur

Le secret de Jasmine, de Sharon Kendrick - N°4180

ENFANT SECRET

Jasmine s'est donnée corps et âme à Zuhal el-Haidar, prince du Razrastan. Mais, après une liaison aussi intense que passionnée, elle a dû se résoudre à une séparation inévitable et fuir le royaume… Aussi, c'est avec stupeur qu'elle découvre le cheikh sur le pas de sa porte, dix-huit mois plus tard. Comment Zuhal l'a-t-il retrouvée ? Pourquoi, surtout, l'a-t-il cherchée ? Alors que les questions affluent dans son esprit, leurs retrouvailles sont interrompues par Darius, le petit garçon à qui Jasmine a donné le jour. L'enfant de Zuhal…

Son mystérieux patron, de Michelle Conder - N°4181

COUP DE FOUDRE AU BUREAU

Un bal masqué… Voilà l'occasion qu'attendait Ruby pour troquer son tailleur d'avocate sérieuse contre les atours d'une audacieuse séductrice. Jamais elle ne s'est sentie aussi libre que dissimulée sous ce loup glamour… Et, lorsqu'un inconnu mystérieux la fait tournoyer sur la piste de danse, elle oublie tout, sauf les bras puissants qui l'enlacent. Mais les interludes les plus magiques connaissent souvent une fin abrupte. Ruby en fait l'expérience quand, encore grisée des baisers de son cavalier, elle découvre qu'il n'est autre que Sam Ventura, son nouveau patron…

Liaison avec un roi, de Clare Connelly- N°4182

Lorsqu'elle s'est découverte enceinte, Frankie a tout fait pour retrouver son mystérieux amant d'une nuit. En vain. Aussi est-elle bouleversée de le voir réapparaître dans sa vie, deux ans plus tard, sous l'identité de Matthias Vasilliás, roi de Tolmirós ! Mais le pire est à venir car, en découvrant qu'elle a eu un enfant de lui, Matthias revendique immédiatement son héritier. Et exige de Frankie qu'elle le suive au palais, pour devenir sa reine…

L'enfant d'une vengeance, d'Abby Green - N°4183

Séduite par vengeance… Quand Cara découvre l'identité de l'homme auquel elle a offert son innocence, elle tombe des nues. Son amant d'une nuit, Vincenzo Valentini, l'a conquise uniquement pour mieux la rejeter ensuite. Parce qu'il la tient pour responsable de la disparition de sa sœur, il n'a cherché qu'à la contrôler, alors qu'elle se languissait de désir entre ses bras. Hélas, Cara doit maintenant faire face à l'amère vérité, mais surtout aux conséquences de cette passion vengeresse…

Séduction méditerranéenne, de Julia James - N°4184
Jouer la fiancée de Marc Derenz ? Pour Tara, rien n'est moins simple. Certes, il ne s'agira que d'une comédie, visant à décourager les nombreuses prétendantes qui s'affolent autour du beau milliardaire. Mais l'attirance que Tara ressent pour Marc est bien réelle, hélas ! Dans le monde glamour où il l'entraîne, Tara perd peu à peu la raison, et son contrôle... Jusqu'à se demander si elle parviendra longtemps à tenir son rôle, sans mettre son cœur en péril...

Pacte avec un homme d'affaires, de Dani Collins - N°4185
L'amour, la sécurité, un endroit où elle se sente chez elle. Voilà à quoi aspire Luli, tout en sachant que la vie n'est pas un conte de fées... Peut-elle accepter de contracter un mariage de convenance avec Gabriel Dean, alors qu'il n'a jamais été question de sentiments entre eux ? Certes, le milliardaire peut lui offrir un avenir confortable et le foyer dont elle a toujours rêvé, mais en devenant son épouse sur le papier seulement Luli ne vend-elle pas son âme à Gabriel, quand son corps brûle qu'il la touche ?

Des noces si dangereuses, de Heidi Rice - N°4186
« Épouse-moi. » La voix de Dominic LeGrand est une caresse, aux oreilles d'Alison. Mais sa proposition de pure convenance n'en est pas moins absurde ! Tous deux viennent à peine de se retrouver, et voilà qu'il la demande en mariage ? Lorsqu'elle était adolescente, Alison était folle de Dominic. L'été de leur rencontre, il avait plané sur sa vie comme un ange déchu, porteur de danger et d'excitation. Peut-elle le laisser de nouveau bouleverser son existence et l'entraîner dans cette comédie sentimentale ? Contre toute raison, Alison se surprend à dire *oui*...

Une conquête scandaleuse, de Caitlin Crews - N°4187
SÉRIE : *SCANDALEUSE NOBLESSE* - 2/3
Assistante dévouée chez Combe Industries, Lauren a l'habitude d'exécuter les tâches les plus délicates. Sa dernière mission ? Pour éviter un scandale médiatique, elle doit retrouver Dominik James – le mystérieux frère de son patron – et l'épouser ! C'est en Hongrie que Lauren fait la connaissance du troublant Dominik. Et si elle parvient à le convaincre de rentrer avec elle en Angleterre, auprès de sa célèbre famille, elle comprend vite qu'elle a commis une grave erreur. Au lieu d'agir en professionnelle, comme elle le fait toujours, Lauren est tombée amoureuse...

Promise par devoir, d'Amanda Cinelli - N°4188
SÉRIE : *MARIAGES À MONTEVERRE* - 2/2
Pour le cheikh Khalil al-Rhas, roi du Zayyar, le mariage est une affaire d'État, qui doit à tout prix se défaire de tout sentimentalisme. Mais, quand sa fiancée s'enfuit avec l'homme dont elle est amoureuse, il décide de prendre les choses en main et de s'assurer que sa promise de substitution, elle, ne lui fera pas défaut. Dès sa rencontre avec la princesse Cressida, toutefois, Khalil ressent un trouble inédit et bien trop intense. Une émotion qu'il est résolu à cadenasser, pour accomplir son devoir au côté de cette femme qui le hait déjà...

Sous l'emprise de Joao Oliviera, de Maya Blake - N°4189

Démissionner. Pour échapper à l'emprise de son patron, Saffie ne voit pas d'autre issue que celle de quitter le travail auquel elle se consacre entièrement. Depuis quatre ans qu'elle est l'assistante de Joao Oliviera, elle n'a plus de vie privée. Or, elle redoute aujourd'hui de laisser passer sa chance d'être maman. Et puis, comment pourrait-elle rester professionnelle avec Joao, alors qu'elle ne parvient pas à oublier le moment d'égarement qui les a unis, le temps d'une nuit ? Oui, partir est la seule solution, Saffie en est persuadée – avant de se découvrir enceinte…

L'héritier de Casa Carella, de Helen Brooks - N°4190

En panne, sur une route déserte, dans cet endroit perdu du sud de l'Italie ? Ce n'est pas tout à fait le genre d'aventures dont Cherry rêvait en venant passer des vacances dans la région ! Mais ce qui était déjà un fiasco tourne au cauchemar quand elle se voit contrainte d'accepter l'hospitalité que lui offre, visiblement à contrecœur, Vittorio Carella, le propriétaire du domaine isolé où elle s'est égarée. Car son hôte, bien qu'extrêmement séduisant, la traite avec une telle froideur et une telle arrogance que Cherry n'a bientôt qu'une envie : partir au plus vite. Pour que cesse enfin cette troublante intimité…

Composé et édité par HarperCollins France.

Achevé d'imprimer en décembre 2019.

BLACK PRINT

Barcelone

Dépôt légal : janvier 2020.

MIXTE
Papier issu de sources responsables
FSC® C108412

Pour limiter l'empreinte environnementale de ses livres, HarperCollins France s'engage à n'utiliser que du papier fabriqué à partir de bois provenant de forêts gérées durablement et de manière responsable.

Imprimé en Espagne.